独占王の身代わり花嫁

園内かな

Vanilla文庫

JN210175

独占王の身代わり花嫁

CONTENTS

イラスト／ウエハラ蜂

プロローグ

肌の上を這《は》いまわる男の手の感触を、必死にやり過ごそうと耐える。

プリシラは息を殺して声を抑えていた。だが男は急《せ》くことなく、ゆっくりとプリシラの身体を撫《な》でている。

肩から腕、首筋から脇腹、腿《もも》と指先が悪戯《いたずら》な動きでなぞっていく。内腿を這い上がる手に、次に触れられるのは下腹部だろうとプリシラはシーツを握りしめて快感に耐える準備をした。

男の顔が突然プリシラの胸に近付き、興奮で尖《とが》った先端を甘く噛《か》んだ。

「あんっ！」

予想していなかった胸からの甘い疼《うず》きに、思わず声をあげてしまった。プリシラは唇を噛みしめてこれ以上の嬌声《きょうせい》を堪《こら》えようとするが、男はそれを揶揄《やゆ》するように喉の奥で笑う。

「感じているのか？　愛してもいない男に抱かれてよがるとは、淫乱《いんらん》な姫君だな」

「っ……、ちがい、ます……っ」

少しでも息を整えて否定しようというプリシラに、男は耳をぺろりと舐《な》めた。それだけでプリシラの身体は震《ふる》えてしまう。もう何度も男に抱かれ、快感を教え込まれたからだ。

プリシラの胸を柔《やわ》らかく揉《も》み、先端を摘《つま》んだり指先で擦りながら、男は囁《ささや》く。

「そうだった。お前は本当の姫君ではない、身代わりの娘だ。とても魅力的な身体をした、な」

「あっ、それ、いやぁ……っ」

「嫌がることは許されない。お前は二国間の和平の為に、俺に捧《ささ》げられたのだから。それに……」

含み笑いで、男はプリシラの足の間に手を触れる。そこは既にたっぷりと濡れていて、襞《ひだ》の上から緩《ゆる》く触れられただけでくちゅり、と水音がした。

「っ……あ、あぁっ！」

男は無遠慮に襞を割り広げ、濡れた突起をぬるぬると擦り始める。すぐに膨《ふく》れ上がる快感を堪えようと、プリシラは息を詰めるが男の指は巧《たく》みだった。

ゆるりと物足りないほどそっと触れたかと思うと、突起の周囲に指を移動させて焦《じ》らされる。指が膨らんだ突起に戻ってきた時には、プリシラの腰は愛撫《あいぶ》を求めるよう動いていた。

けれど、男の指は残酷《ざんこく》でプリシラの欲しい刺激を簡単には与えてくれない。プリシラの腰が突き上がって快楽を欲すると、移動して襞の外側に遠ざかってしまった。

プリシラはまた指が戻ってきて、突起に優しく触れてくれるのを息を荒くしながら待った。すると突然、男は突起の包皮《ほうひ》を捲《めく》り上げ、普段は慎《つつ》ましく隠れている真珠を直接ぬるぬると擦り愛撫した。

「あぁあっ！」

大きすぎる快感は、鋭い痛みのようだった。プリシラは悲鳴をあげ身体をびくつかせた。

男は狙い通りの反応に気を良くしたらしい。喉の奥で笑って言った。

「それに、お前の身体は悦《よろこ》んでいる」

「ふぁっ、ああっ！　陛下……っ」

「二人きりの時の呼び名は教えた筈《はず》だが？」

「あぁぁんっ！」

剝《む》き出しの陰核《いんかく》を軽く摘まれ、プリシラはまた身体を反応させて大きな声をあげてしまう。

このままでは容赦なく責め立てられ、泣いて懇願しても止めてもらえないほど何度もイかされるだろう。

プリシラは呼吸を整えてから男の名を呼んだ。

「ウィル……」

「そうだ。そしてお前は、フィリーネ姫ではなく、プリシラ」

そうだろう、と言いながら男はつぷりとプリシラの中に指を挿《い》れた。男の味を既に覚え込まされたプリシラの蜜口《みつくち》は貪欲《どんよく》に指を取り込もうとする。

耐えようとは思っている。けれど、既に暴《あば》かれていた中の良いところを擦られながら、親指の腹で陰核を弄られるとひとたまりもなかった。

「あっ、あーーーっ！」

頂上に押し上げられ、放り投げられる。プリシラはびくびくと身体を震わせ、男の指を締めつけながら達してしまった。

男は楽しそうに目を細めた。普段は怜悧《れいり》なエメラルド色の瞳の中に、欲情を隠そうともしない。

プリシラの蜜口に彼の雄をあてがいながら、うっそりと言った。

「やはり、素晴らしい身体だな。ひと目見た時からそう思っていた。お前は俺に抱かれる為に献上されたのだ。俺の気晴らしの為にな」

「ちが、あぁっ……！　違いま、す……っ」

男はプリシラの中に肉棒を突き挿れてゆっくりと腰を動かし始めた。こうなると、プリシラの身体は完全に制御を離れてしまう。快楽を与えようという男の動きに、なすすべもなく感じるしかない。

男の肉棒は、プリシラに快楽を与える為に内壁を擦りながら出たり入ったりしている。既にプリシラが感じる良いところも把握されているので、其処《そこ》を狙って小刻みに動かされると背が仰《の》け反《ぞ》ってしまう。

「何が違うんだ？　こんなに感じて気持ちよさそうに喘《あえ》いで、お前も楽しんでいるんだろう、プリシラ」

「あっ、あぁっ！　ウィル……っ」

男の名は、ウィルフレッド。このブレナリの国王陛下だ。

そしてプリシラは今、ブレナリ王城内でフィリーネと名乗り、ブレナリ王国の王妃となるべくお妃教育を受けている。

本物のフィリーネの代わりに、挙式前の限られた期間だけを王城で過ごすのがプリシラの受けた依頼であった。

それは、フィリーネ姫の祖国であるアマルセン王国の秘すべき事情であった。フィリーネ姫の暗殺を防ぎ、彼女が挙式まで生きながらえる為に立てられた身代わりの娘。

だが、ウィルフレッドはプリシラが偽物であると、すぐに見抜いてしまった。

そして見抜いた後は、プリシラにこんな無体を働くようになってしまった。

倦《う》むべき政治闘争、戦争処理と宮廷内陰謀に明け暮れる王の気晴らし、欲の発散に付き合わせるには、後ろ盾もない偽物の姫など最適だろう。

「……何を考えている。意識を散漫にするな」

男が苛立《いらだ》った声を出し、奥まで突き上げる。

「あぁっ、ウィル……っ！」

そのまま揺さぶられ、身体と共に揺れる乳房を揉みしだかれるとまた絶頂が近付いてきた。

「あっ、あーーーっ！」

がくがくと腰を揺らし達してしまったプリシラに、男は髪や頬を撫でる。その手付きは存外に優しく、偽物の姫を撫でる王のものとは思えない。

だが、プリシラが何かを言う前にウィルフレッドは再び腰を動かし始めた。よりゆるやかな動きで、まだ余裕があるように思える。ウィルフレッドはいつも精力的で、情熱を持ってプリシラを抱いていた。抱き潰された夜さえあるほどだ。

先ほどは彼の雄に奥まで深く貫かれていたが、今度は半分ほど引き抜かれてゆるゆると擦られている。最初はそのゆるやかな快楽に安堵《あんど》していた。強すぎる快感を続けて与えられると、連続して達してしまって、最後には気絶してしまうからだ。

その筈だったのに、彼の動きがもどかしくなってきた。もっと強く、もっと奥まで擦ってほしい。強請《ねだ》るように腰が動き、中のウィルフレッド自身をきゅうっと締めつけてしまう。

ウィルフレッドは、動きはそのままにひそやかに笑った。

「物足りないのか」

「っ、違い、ます……っ」

「ならこのままだ」

プリシラの感じる部分をはずして、ウィルフレッドの肉棒は蜜口を浅くかき混ぜている。

プリシラは腰を動かしたくなるのを必死に堪え、目を瞑《つぶ》ってシーツをぎゅっと握りしめた。

その途端、彼はプリシラの胸の先端をきゅっと摘み上げた。

「あぁぁっ！」

予想しなかった刺激に腰を浮かせると、はずみでずるりとウィルフレッドの雄が入ってくる。びりびりとした快感に、プリシラは縋《すが》るように上にのしかかっている男に抱きついてしまった。

こんなに辛い目に遭わされているのに、今のプリシラが手を伸ばし縋れるのはウィルフレッドだけだ。

涙を滲ませながら抱きつくプリシラに、ウィルフレッドは嘲笑《ちょうしょう》ともつかない笑みを浮かべながら顔を覗《のぞ》き込む。

「欲しいなら言葉で強請れ。余り意地を張ると、後からお前が辛くなるだけだ」

彼はプリシラが堕《お》ちるのを待っている。何度も彼の言う通りにおねだりして快楽を与えられた。しかし、その熱いひと時が過ぎると虚《むな》しくて悲しくて仕方なくなる。その繰り返しだった。

けれど今のプリシラに彼を拒否する選択肢など無いように思われた。

動きを止めてプリシラを侮蔑《ぶべつ》の瞳で見下ろすウィルフレッドに、震える声で告げた。

「ウィルを、もっと奥まで、ください……」

「いいだろう。声が枯れるまで鳴かせてやる」

ウィルフレッドが、プリシラの中の感じる所を抉《えぐ》るよう腰を動かし始めた。

「あっ、あぁっ……！」

また快感に襲われ、意識が白くなってくる。嬌声をあげながらプリシラは思った。

どうして、こんなことになってしまったのだろう。

どれだけ考えても、プリシラには分からないのだった。

第一章

「プリシラ、そろそろ店を閉めよう」

「えっ、もう？　まだ陽は高いわ、おじいさま」

依頼された文書を書く手を止め、顔を上げたプリシラに祖父は目を瞑《つぶ》ったまま口を開く。

「それを書き終わる頃には暗くなるだろう。お前の目まで酷使《こくし》することはない」

「でも……」

祖父の言うことは分かる。

プリシラと祖父の家業は代筆屋だった。込み入った文章や丁寧な文字で手紙を書く時などに依頼してくる人が多く、なかなかに繁盛《はんじょう》していた。

その仕事の中で、目を病むのは致命的だった。

最近、祖父の目の調子が良くないことが分かり、プリシラは医者に診せたくて仕方なかった。その為には高価な治療費や薬代がかかるが、何とかやりくりして医者に連れて行きたいのだ。

家業の代筆屋は、プリシラと祖父の二人暮らしの生活費程度なら楽に稼《かせ》げるが、医療費までとなると心もとなかった。

プリシラたちの住むブレナリ王国では、戦後復興の成果を上げつつあり、国民の暮らしは右肩上がりに楽になっている。その復興を先頭切って指示し采配《さいはい》したのは、ブレナリ王国の国王陛下、ウィルフレッド王だった。国民を大切にする政策を打ち出すウィルフレッドに、民は尊敬と敬愛を持っている。プリシラと祖父もそうだった。

「私が男だったら、お城に出仕出来たかしら。そうしたら今よりずっと暮らしも楽になって、おじいさまの目を治せるかもしれないのに」

プリシラは、祖父の為に少しでも仕事をこなしたかった。その為の腕と知識は、祖父に仕込まれ十分にあると思っている。今の王城は実力主義で、身分に関係のない雇用がなされている。国王が、そのように制度を変えたのだ。ただ、現在のところ男性しか応募出来ない。プリシラがもし男に生まれていたら、と言ったのはその為だった。

だが、祖父は首を横に振った。

「ワシの目が見えなくとも、どうせ老い先短い身。治療費よりプリシラの為に遺す方が良い」

「おじいさまったら、もう。またそんなことを言って」

プリシラの父母は居ない。幼い頃から祖父と二人で暮らしていた。プリシラを育て、庇《ひ》護《ご》してくれていたのは祖父なのだ。だから、そんなことを言われると胸がきゅっと痛くなる。

けれど、祖父は飄々《ひょうひょう》としたもので、あっさりと言う。

「ワシがプリシラより先立つのは決まっていることだ。それより前に、お前が好いた男なり良い伴侶を見つけられたら良いんだがのう」

「いやよ、私はまだまだこの家に居るんだから。追い出そうとしたって無駄よ」

そう言いながらも、祖父の言う通りにしようと立ち上がった。お店の扉を閉めて、今日はもう店じまいにしようとする。

その時、丁度二人組の客が店内に入って来た。

プリシラは申し訳なさそうに声をかけた。

「すいません、今日はもう閉店なんです」

「代筆の依頼で来たのではない、が……。何と、ここまでとは」

入って来たのは立派な服装をした壮年の男性、それに背後に控《ひか》える初老の女性だった。

男性は、年の頃三十過ぎだろうか。整った顔立ちに冷たいまでの水色の瞳で、そのせいで人を寄せつけないような冷え冷えとした雰囲気を感じさせる。紺の地味な色目ながら立派な衣装を纏《まと》っている。おそらく、貴族階級だろう。

女性の方も、目立たない紺のお仕着せのようなドレス姿だが、背筋をぴんと伸ばし姿勢よく立っている。高級侍女といったところだろうか。おそらく彼女も、平民ではないだろう。

二人共に、平民には持ち得ない気品のようなものを感じさせる。その二人が、驚いたようにプリシラを見つめていた。プリシラは落ち着かない気分で、何を言ったものかと困ったような表情をすることしか出来ない。

「……どのようなご用ですかな」

祖父がプリシラの代わりに静かに問いかけた。壮年男性が口を開く。

「私はさる高貴な家に仕えているバートラムと申す。我が主であるお嬢さまの為に、ぜひ貴女《あなた》に出仕して欲しいのだ、プリシラ嬢」

「どうして、私の名前を……」

彼らのことは初めて見たし、何も知らないのに先方は自分のことを把握している。プリシラが戸惑《とまど》うと、バートラムが言う。

「お嬢さまの周囲に滅多《めった》な人物を置くわけにはいかない。あらかじめ、調べさせてもらったのだ。貴女は平民には珍しいほどの教養があり、身持ちが固く、祖父思いの娘だと評判だ」

「あの、すいません。出仕は出来ません。祖父から離れたくないので」

このままだと強引に召し上げられそうで、プリシラは端的に断った。祖父想いの娘だというなら、その断り文句は当然だろう。

だが、交渉役にそんな簡単な手は効かなかった。

「貴女の祖父は目を患《わずら》っているとか。医者にはかかっているのか？」

プリシラは唇を噛《か》みそうになった。きっと、この人はかかっていないのを分かっていて聞いているに違いない。

当の本人である祖父、ソルが口を開いた。

「老い先短い、爺《じい》さんの目だ。医者にかかったところで同じだ」

「その水色の瞳は年経た後に、色素が薄くなり目が見えなくなるという症状がよく出る。我がアマルセン王国の民に多い病だ。薬で治る」

交渉役のバートラムだけでなく、その後ろに控えて一言も話さない初老女性も水色の瞳だ。一番色が薄いのが祖父で、その次が女性なので、年を取ると色素が薄くなっていくというのは本当なのだろう。

そして、プリシラも水色の瞳だった。プリシラたちが暮らしているブレナリ国では珍しい瞳の色だ。だが、全く居ないというわけでもない。

祖父は、おそらく先祖にアマルセン王国出身の者が居たのだろうと言っていた。

バートラムたちの出身がそのアマルセンだということは、薬も手に入りやすいのだろうか。

　プリシラは期待して口を開いた。

「本当でしょうか、薬で治るというのは。もし薬があれば、私どもにもお譲り頂けますでしょうか」

「無論だ」

　プリシラは顔を輝かせた。だが、バートラムの次の言葉で表情を凍《こお》らせることになる。

「ただし、貴女が出仕したらだ。プリシラ嬢」

「それは……」

「目の治療薬はなかなかに高価でね。治るかどうかも分からない市販の物なら安価だが。生憎《あいにく》、私の手元には卑《いや》しからぬ方々も使う、副作用も無く治る品質の良いものしかない。どうするかは貴女に任せよう」

　どうせ使うならそっちの方がご老人の為にも良いだろう、と言ってのけるバートラムに、プリシラは交渉の余地など無いのだと思い知った。

「分かりました」

「プリシラ！　ワシの目などどうでも良い」

　行けばきっと辛い目に遭《あ》う、そう心配する祖父の瞳は微妙にプリシラの居る場所とずれた方を向いていた。声の聞こえる方向でプリシラの場所の見当をつけているだけなのだろう。つまり、祖父の目はほとんど見えてないのだ。

そこまで悪くなっているとは、知らなかった。プリシラの胸が痛む。

祖父の為なら、出仕くらい何とも無い。家を離れるのは初めてで、祖父が隣に居ないことが不安だが、それも病を治す為だ。

「行きます。私が居ない間、祖父の面倒は……」

「自分の世話くらい、自分で出来るわい。それよりプリシラ、出仕などやめておけ。ろくなことにならんぞ」

祖父の台詞は無視され、バートラムが答えた。

「医師を寄越す際に、使用人も付けるようにしよう」

「私はどれくらいの期間、お勤めすれば良いのでしょう」

「教育期間に一か月、出仕も一か月ほどだ」

つまり、ふた月もすれば帰ることは出来る。安心したプリシラは、改めて頷《うなず》いたのだった。

侍女として出仕する為に教育期間をひと月も取るということは、かなりの高級侍女となるのだろう。身分の高い人の側付きとして、恥ずかしくない知識を得る為の期間だ。

そう予測したプリシラだったが、それは裏切られることになる。

プリシラは隣国アマルセンとの国境近くにある屋敷に、馬車でひっそりと連れられた。追い立てられるように、慌《あわ》ただしい出発だった。何の用意も必要無いと、そのまま店を出るように促《うなが》されてしまったのだ。

祖父が心配だが、馬車も高級で乗り心地の良いものだ。無体な真似はされていないし、これからも大丈夫だと信じるしかない。

「此方《こちら》へ」

きびきびと指示するのは、先ほどは一言も話さなかった初老の女性だ。彼女は馬車の中でベラと名乗り、これからプリシラの教育係になると教えてくれた。

まるで優しさの無い、芯が真《ま》っ直《す》ぐ通ったような女性だが、理不尽な意地悪はされないように思えた。

「はい」

プリシラは素直に従い、屋敷の一室に導かれるまま入って行く。そこで、先に入っていた若い女の顔を見て驚愕《きょうがく》した。目を見開いてマジマジと見るが、何度見ても変わらない。

その女は、水色の瞳に銀の絹糸のような髪をし、瞳と同じ豪奢《ごうしゃ》な水色のドレスを着こなしていた。胸元に飾られたのは大きな銀色の宝石。頭の先からつま先まで磨かれた、いかにも貴人の装《よそお》いをしたその女性は、プリシラを見て鼻を鳴らして言った。

「フン、わたくしとそんなに似ているかしら」

ベラが頭を下げ、バートラムが恭《うやうや》しく礼をして言う。

「はい、姫さま。これからこの娘を教育し、挙式までの間の身代わりを勤めさせます」

「えっ……！」

その女性は、プリシラと同じような年齢で似たような姿かたちをしていた。顔は、鏡を見ているようだった。

違うのは、身に纏っている物と、そして醸《かも》し出す雰囲気だ。

バートラムはプリシラに端的に説明する。

「此方に居《お》られるのは、アマルセン王国の王女であるフィリーネ姫さまだ。お前にはこれから作法を学んで姫さまとして過ごしてもらう」

プリシラは驚愕のあまり口を開いてまじまじとフィリーネ姫を見つめた。

本当に、そっくりだ。こんなに似ている人物が居るなんて、それも隣国の王女だなんて信じられない。

そして一番驚きなのは、その王女の身代わりとしての振る舞いを求められていることだ。

今まで町で平民として生きてきたプリシラに、そんなことはどう考えても不可能だ。一か月やそこらの付け焼刃《やきば》でお姫さまになるなんて、出来っこない。

プリシラは首を横に振って全身で拒否した。

「そんな、無理です……」

「無理ではない。やるのだ。ひと月後に、ブレナリの王城で王妃の花嫁教育が始まる。それを代わりにこなすのだ」

王城で花嫁教育！　それを受ける為に身代わりで王城に上がるなんて、無茶すぎる話だ。

そんなこと、出来るわけがない。更に強く首を横に振るプリシラに、フィリーネその人が言う。

「正式に王妃となって、命の保証が無い限り、他国の王城になんて行けるわけもないわ」

「その通りでございます。これから挙式までは特に、講和派と反対派が入り乱れ姫さまの身も安全とは言えません。警備体制が十分でないブレナリの王城で一人過ごされるなど、とんでもない」

バートラムも追従する。

確かに、二国間の歴史にはさまざまな戦いがあった。

ここ最近では戦争は起こっていないが、二十年前には三年ほども続けられる大きな戦《いくさ》があった。プリシラの両親もその戦争で亡くなったと、祖父から聞かされている。大きな戦争が条約によって終結した後も、今度は政策による小競《こぜ》り合いや闘争はいくつもあった。

つまり、ブレナリとアマルセンの国家間にはいつ大きく燃え上がってもおかしくない火種が燻《くすぶ》ったままなのだ。

ベラも静かな口調で説得をする。

「姫さまが正式にブレナリの王妃となられると、二国の和平は確実なものとなってひとまずは状況が落ち着くことでしょう。挙式までのお妃教育を、貴女に受けて頂きたいのです。プリシラさま」

そんなこと、出来るのだろうか。

簡単には引き受けられないし、自信もない。黙り込むプリシラに、バートラムは説得を続ける。

「ブレナリの国王も、この政略結婚を重要視している。そして、気を回すことの無いよう一応言っておくが、お前が王と二人きりになる機会は無い。挙式まで、王と王妃は寝室も別だ。お前の身が王に触れられることはない」

そういう意味では安全なんだろう。

ただし、命の安全という意味では全く保証が無い。

だが、既に引き受けてしまったし、祖父の目のこともある。納得はいかない。いかないけれど、もう仕方がないという諦《あきら》めの気持ちもあった。

プリシラの仕事は、この国の王様と隣国の王女さまの結婚式の準備期間を、問題なく王城で過ごすだけだ。

「……分かりました」

こうして、プリシラの身代わり生活が始まったのだった。

第二章

一か月後。

プリシラはバートラムに連れられ、アマルセン王国から生まれ育ったブレナリに再入国していた。勿論《もちろん》、フィリーネ姫としてだ。

この一月の間に、厳しい教育を受けた。

礼儀作法、立ち振る舞い、ダンスなど、フィリーネ姫が知っていて当然の知識、教養を教えられたのだ。

ただし、教養においては特に教わることは無いほどだった。

プリシラは祖国ブレナリと隣国アマルセンの歴史、情勢を祖父によって正しく教わっていた。二国間の言語は共通だが、他国の言語や古代に使われていた文字なども読み書きが出来る。それらは全て、祖父の教育の賜物《たまもの》であった。

また、祖父はプリシラに礼儀正しい言葉遣いをきっちりと教え込んでいた。代筆屋で手伝いをしている間、平民の娘にしては気取った話し方だと揶揄《やゆ》されたこともあった。だが祖父はそれで良いのだと、丁寧に品良く話すことが教養にも繋がるとプリシラの話し方も教育していたのだ。それが今こんな時に役に立つとは思わなかった。

こうして凡《およ》そはフィリーネ姫の身代わりとして及第点《きゅうだいてん》をもらったプリシラだが、彼女のことを思い出すと色々、胸が痛む。

一か月間、教育を受けていただけではなく、とんでもない大事件に巻き込まれてしまったのだ。

ブレナリの王城でフィリーネが襲われるかもしれないから、代わりにプリシラがお妃教育を受ける、その前提で進んだ身代わり計画だったが、王城に行く前に刺客がやってきたのだ。皆が散り散りに逃げ、フィリーネとベラは現在も行方不明だ。

プリシラとバートラムは何とか合流出来て、一旦アマルセンの彼の邸宅に潜《ひそ》んでいた。本物のフィリーネ姫が行方不明である以上、今はともかくブレナリの王城で身代わりとして過ごすしかない。

固い表情なのはバートラムも同じだった。

隣国アマルセン王国の伯爵位を持つ高官であるバートラムは現在三十三歳。更なる権力を求め、フィリーネ姫に取り入りこの政略結婚を絶対に成功させたい人物だ。貴族らしい整った顔立ちは、酷薄《こくはく》さも表しているとプリシラは感じる。

「……参りましょう、フィリーネさま」

バートラムに声をかけられ、王城へと向かっていく。

もう、プリシラは王女フィリーネなのだ。


「ようこそ、フィリーネ姫」

王座に着くブレナリ国王、ウィルフレッド陛下に声をかけられプリシラは膝《ひざ》を折って淑《しゅく》女《じょ》の礼をした。

「初めまして、ウィルフレッドさま」

ちゃんと出来ているだろうか。怪しまれないだろうか。

二重の意味で緊張し、冷や汗が出る。

そんなプリシラに、ウィルフレッドは立ち上がって近付き、手を取ってその甲に唇を寄せた。

「両国の平和の為に、共に力を合わせよう」

そう言ってちゅ、と唇の音を立てて口付けの振りをした。本当にキスをしたのではない。

婚約者であり、未来の妻にも未《いま》だ触れないのは清らかな姫君への配慮《はいりょ》なのだろうか。

初めて間近に見た国王陛下は、肖像画で見るよりも若く精力的で、そして圧倒されるような覇気《はき》を備えていた。

髪はこの国の貴人に多い濃い金色で、エメラルドグリーン色の瞳は宝石の如《ごと》く輝いている。通った鼻筋は高貴で、唇は薄いが怜悧《れいり》さを表している。

バートラムも整った顔立ちの貴人だが、ウィルフレッドにはそれだけではない、華々しくも立派な、皆の上に立つ威厳が備わっていた。この場に居る誰よりもウィルフレッドには存在感があるようだと、プリシラは思った。

彼は若く、美しく、有能で高貴な王さまだ。

もしプリシラが本物の尊《とうと》い身分のお姫さまで、ウィルフレッドのような王さまと結婚することになって王妃となるならさぞ喜ばしいだろう。

プリシラも、このブレナリの民として国王陛下のことを尊敬し、素晴らしい人だと思っている。彼は人の上に立つべき人物で、王の中の王だろう。実際に会って益々《ますます》、彼を敬う気持ちが湧き上がる。

だが、素直に喜べる状況ではない。プリシラは、身代わりの王女としての役割をこなさなければいけないのだ。プリシラはにこりと微笑んで、学んだ礼儀作法通りに応えた。

「勿論でございます。平和の礎《いしずえ》となるよう、精一杯努めさせて頂きますわ」

「有り難い。この婚姻を締結させるのは、講和の為の第一歩だ。よろしく頼む」

王にとって結婚は、愛や温かい家庭というものではなく、政治の一環なのだ。まるで甘くないウィルフレッドの言葉が、プリシラの身を引きしめさせる。

これは、同盟の条件なのだ。恋や愛という要素が入らない、取引。

プリシラは背筋を正して頷《うなず》いた。

「はい。此方こそ、よろしくお願いいたしますわ」

バートラムにちらりと目をやると、彼も軽く頷く。問題無いのだろう。

ここで、彼や伴の者とは別れることになる。

隣国からやってきたフィリーネ姫は、たった一人、この王城で王妃としての教育を受けるのだ。

プリシラが本物のフィリーネ姫と入れ替わる機会は来月行われる挙式の直前。婚姻締結の前に、神殿に移動するパレードの後だ。

条件はきちんとフィリーネが現れ、それが可能なら。

プリシラは無事に入れ替わりが行えること、それまでにプリシラがぼろを出さずに入れ替わりがバレないことを祈った。


王妃の部屋……、正確には王妃候補の部屋は、豪奢《ごうしゃ》で備えつけの家具も素晴らしい物ばかりだった。二間続きで、前室はソファやデスクなど書斎になっていて、奥が寝室だ。プリシラの住んでいた代筆屋と自宅が一体となった家などすっぽり入ってしまいそうな広さだった。

部屋付きの女官である、若い娘が進み出てにこやかに挨拶《あいさつ》してくれる。

「フィリーネさま。わたくし、フィリーネさま付きの女官となりましたラーラです。よろしくお願いいたします」

ラーラはプリシラと年の近い、可愛《かわい》らしく人懐っこい世話役だった。

厳しく怖い人が傍《そば》に居たらどうしよう、と思っていたプリシラにはホッと出来る要素だった。

「ええ、よろしくね。分からないことばかりだから、色々教えてくださ……、いえ、教えてちょうだい」

「はい、何でもお尋《たず》ねください。フィリーネさまのお妃教育は明日から、家庭教師をこの部屋に呼んで行うことになります」

「ええ」

「今日はゆっくりとお寛《くつろ》ぎくださいませ。軽食は如何《いかが》でしょうか」

「お腹は減っていないから大丈夫です……、結構よ」

プリシラが断っても、ラーラは気を悪くした様子など見せず礼儀正しく代替案を出す。

「それでは、お茶をお持ちします。夕食は一人で取って頂くことになりますが、ダイニングは後ほどご案内いたします」

「ええ」

「夕食のメニュー表もお持ちいたしますので、変更を希望される場合はお申し付けくださ い」

「分かったわ」

「それから、ご入浴ですが……」

ラーラはにこやかに仕事を進めていく。きっと有能な女官なのだろう。

それに、いかにも義務的な仕事という態度ではなく、プリシラに親切だ。お妃となるフィリーネが少しでも快適に過ごせるように心を砕《くだ》いているのだろう。

プリシラは彼女が付いてくれて本当に良かったとにっこりした。

「ありがとう、ラーラ」

ラーラも嬉しそうに言う。

「はい、フィリーネさま。すぐにお茶をお持ちいたします」

プリシラの胸に、ちくりと痛みがあった。

プリシラは、本物のフィリーネ姫ではないからだ。

でも、これは仕方のないこと。プリシラはその痛みを無視した。

ラーラはすぐにお茶をワゴンで持ってきてくれた。淹《い》れてもらった紅茶は疲れを取る為か、すっきりとした味だった。

「とても美味しいわ」

「お口に合って、良かったです」

そう言った後、ラーラは物言いたげにもじもじしている。

プリシラは彼女の言葉を促《うなが》した。

「どうしたの」

「その、こんなことを直接姫さまにお聞きするのはどうかと思うんですが……、あの、陛下とお会いされて、どう思われました？」

「どう、とは……？」

「ええと、このまま、この国で陛下と共に過ごされるに当たってですね、その、ご無理そうとか、大丈夫そうとか……」

ラーラはしどろもどろになりながら両手を揉《も》み合せている。

不安なのだろう。

この政略結婚が上手くいくか、それに関連してプリシラが乗り気かそうでないか、気になって仕方ないのだろう。

そうなると、ラーラは和平派ということだろうか。

ともかく、プリシラは教育された通りに答える。

「陛下は二国間の平和の為に、協力しようとおっしゃいました。とても嬉しいですわ」

「そうですか！」

「ええ。その姿勢はわたくしにとって、とても有り難いですもの。冷たく振る舞われたりすると、周囲が心配するでしょうから」

「そうですね。ああ、良かった……私、ホッとしました」

ラーラは心底ほっとしたようで、眉《まゆ》が下がっている。つい、プリシラはクスッと笑ってしまった。

「ええ、わたくしもよ。陛下は若くして国をまとめ上げられた賢王と名高い方でしょう。叱《しか》られたらどうしようと思っていたの」

「まあ、ふふっ。そんなことはありませんよ。実際に陛下をご覧になって、どう思われました？」

「両国の講和を進める為か、感じ良く振る舞ってくださいましたわ」

有り難いことですわ、とプリシラが言うがラーラはその答えには満足出来なかったようだ。

「それもありますが、見た感じは？」

「とても有能で、さすがの風格でしたわ」

「それもあるんですけど！　その、フィリーネさまのお好みの外見だったでしょうか

「……」

見た目を気に入ったか、尋ねたいらしい。

プリシラは如才《じょさい》無くにっこりと答えた。

「とても素敵な方だと思いましたわ」

「それは良かったです」

ラーラはまあまあ、納得したようだ。

陛下は美丈夫ながらも一筋縄ではいかない方だと思う。でも、感じ良く振る舞ってくれたのは有り難かった。

勿論、プリシラの方から彼をどうこうしようとか、その心を射止めたいなどという思い上がったことはまるで考えていない。礼儀正しく、お互いに気遣いながら周囲の評価をより良いものにする関係が良い。

それは正しく上辺だけの付き合いになるが、本物の夫婦でもなく短期間の身代わりにはそれで良い筈《はず》だ。

ウィルフレッドは、施政者として正しくあろうとし、寛大《かんだい》に振る舞っているように見えた。

一方、本物のフィリーネ姫は、高慢《こうまん》で高飛車《たかびしゃ》だった。我が身さえ無事ならそれで良いという態度を隠しもせず、プリシラを身代わりに使うほどだ。

プリシラは彼女の言動に納得出来なかった。上に立つ者こそ、下の者に労《いたわ》りを持って振る舞うべきだと、そんな風に思うからだ。

祖父の受け売りだが、特権階級であるからこそ義務も発生する。若き王であるウィルフレッドは、貴族の為だけでなく一般の民の為の政策も打ち出しているので人気があった。

さっき会った時は、彼はフィリーネのような気位の高い人物でもなく平和の為に動いているようだった。プリシラにも協力を要請してくれた。

それを思い出していると、ラーラがぽつりと言った。

「フィリーネさまが良い方で、本当に良かった。この政略結婚は、隣国でも色々揉めていて、お相手の王女さまもあまり乗り気でないと噂《うわさ》が流れていたので……」

確かに、隣国のアマルセンも一枚岩ではなく色々ある。フィリーネも、乗り気ではなかった。

だが、それを肯定するわけにはいかない。

プリシラは、にっこりと笑って言う。

「噂なんて、無責任なものが多いのよ」

「そう、ですわね……」

「でも、他に面白そうな噂があったら教えてほしいわ。あちらでは、誰も何も教えてくれなくて退屈だったもの」

お喋《しゃべ》りの相手が欲しかったの、そう言えばラーラは喜んで親切に話をしてくれる。

プリシラも、にこやかに答えながら、心は後ろめたかった。

皆を、ラーラをも騙《だま》しているのだ。

プリシラは、本物のフィリーネ姫ではないのだから。


ようやく、一人になれた。

プリシラは、与えられた部屋のベッドの上ではあ、と溜息をついてごろんと横になった。

夕食も入浴も済ませたので、ラーラは部屋を下がっていた。

怒濤《どとう》のような一日だったが、無事に王城に潜《もぐ》り込むことは出来た。

あとは無事にお妃教育を受けて……、その後だ。ちゃんと入れ替わりを再び出来るかどうか、それを思うとプリシラの心は不安でたまらなくなる。

それに、入れ替わった後のフィリーネと、今のプリシラの『フィリーネ姫として』の対応が違いすぎるのではないだろうか。

バートラムには、出来るだけ一国の王女として振る舞うよう励《はげ》みつつも、無理にフィリーネを真似ずとも良いと指示されていた。自分らしくも、貴人の如き行動を心掛けるのだ。

確かに、プリシラがフィリーネのようなツンとした態度を取ろうとしても、ばつが悪くて申し訳なさそうな顔しか出来ないだろう。

バートラムはその辺りを読んで、今を乗りきれさえすれば後からフィリーネ姫の態度が激変しようとも構わないと判断したのだ。本物のフィリーネが無事に挙式を挙げさえすれば、以前のフィリーネは身代わりだとバレても良いのだろう。

それにしたって、慣れない生活であることには変わりがない。

はあ、とまた大きな溜息を吐いて、それでもひとまず休もうかと上掛けを捲《めく》ってベッドに潜り込んだ時だった。

前室の扉が開いて、閉まった音がした。

ドキリ、と心臓が跳ねる。ラーラは下がって、部屋の鍵はかけられている筈だ。

誰だろう、ラーラが何か忘れ物でもしたんだろうか。

起き上がって、ベッドに座りながら不安に扉を見つめていると、書斎と寝室を隔《へだ》てる扉の鍵も開けられた。

「誰、なの……」

ドアが開いて、その人物を見たプリシラは息を呑《の》んだ。

「陛下……」

中に入って来たのは、ブレナリ国王、ウィルフレッドその人だった。

彼は昼間見た正装とは違い、ラフな格好だった。シャツに下衣だけだが、シャツは裾を出したままだし靴も履《は》かず柔《やわ》らかな室内履きだ。

よく見ると、黄金色の髪も少し濡れている。入浴の後なんだろうか。

ウィルフレッドは迷いの無い足取りでベッドに近付いてきた。そして、ベッドに腰掛けてプリシラの顎《あご》を持ち上げてじっと見つめる。

一体、何なんだろう。

バートラムは、フィリーナ姫と国王が二人きりで会うのは挙式の後だと、そう言っていたのに。何か、秘密裡《ひみつり》に話があるのだろうか。例えば、両国の密約か何かで説明すべき事柄があるとか。

嫌な話じゃありませんように、そう願いながらじっとしていたプリシラだったが、その祈りは無駄だった。

彼は、プリシラを冷たい瞳で見下ろしながら、こう言ったのだ。

「確かに、よく似ている。絵姿だけの情報しかなければ、お前が本物の王女であると信じきっていたところだ。フィリーナ姫の偽物よ」

「……！」

バレている。

ウィルフレッドには、フィリーナが本物ではなく身代わりであると分かっていたのだ。

プリシラの心臓が、ばくばくと鳴り出した。

唇がわなないて、何も言えない。

プリシラには、もしバレた時にどうするかという教育はされていなかった。対処法が無いことに、プリシラはどう振る舞えば良いのかまるで分からない。

知らない振りをする？　本物だと言い張る？　それとも、あっさり認めてしまう？

プリシラの身体も、震《ふる》え出した。

こんなに震えているなら、本物だという嘘はつけないだろう。本当のフィリーナ姫なら、高飛車でツンとして言い返せるだろう。プリシラには、とてもじゃないが無理だ。

黙り込んでしまったプリシラに、ウィルフレッドは嬲《なぶ》るように告げる。

「ひと月ほど前、フィリーネ姫と高官バートラムがごく内密に国境近くの屋敷に籠《こも》ったという報告があった。あちこちに放っている密偵が仕事をしているのでな」

「…………」

「バートラムが、何処《どこ》かから姫に似た娘を連れてきて教育したのも知っている。お前はプリシラと呼ばれていた娘だ」

「っ！」

そこまで、バレているならきっと、館の中にも内通者が居たのだろう。

フィリーネの第一侍女であるベラは、身代わりを完璧にする為にプリシラのことも姫さまと呼ぶようにしていたが、フィリーネは拒否していた。フィリーネがそう言うならと、彼女に近しい侍女たちもプリシラを名で呼び見下していた。

ウィルフレッドは詰問《きつもん》を続ける。

「あの館は既に焼け落ちている。その時、お前はどこに居た？」

「……わたくしも、お屋敷の中におりました」

「中で何があった。どうして焼けたのか、知っていることを話せ」

「フィリーネ姫さまが命を狙われ、混乱の中、お屋敷が火事になったのです」

プリシラの身体がぶるりと大きく震えた。あの時のことを思い出すと、恐怖で身震いしてしまうのだ。

フィリーネは国元に居た時から、幾度か刺客による襲撃を受けていたらしい。それを聞いた時、プリシラは他人事のように思っていた。己の日常とはかけ離れた危険だからだ。

それに、もしフィリーネ姫としてプリシラに危険が及ぶとしても、それはブレナリの王城に移動してからだと思い込んでいた。

だが、プリシラとフィリーネが居た屋敷にも襲撃者は現われたのだ。


あの時。襲撃を受けたその瞬間、プリシラはベラに教えを受けていた。

彼女は厳しく、そして冷たく見えたがきちんとやるべきことをこなせば褒《ほ》めてくれた。

『教養においては、フィリーネさま以上です』

そんな風に言ってもらえたので、プリシラは嬉しくてもっと頑張ろうと勉学に励んでいた。立ち振る舞いやダンスにおいてはまだまだだが、祖父を心の支えにしていた。

静かな二人の部屋に異変を教えたのは、遠くから聞こえた悲鳴と物音だった。

一体、何が起こっているのかと不思議に思うプリシラに、ベラは落ち着いて言った。

『刺客がこの屋敷を襲っているようです。フィリーネさまと、貴女さまの身が危うい』

極秘で訪れている筈だが、情報は漏れてしまったのだろう。驚き、茫然《ぼうぜん》とするプリシラにベラは立ち上がって指示した。

『すぐに抜け道を走りお逃げください。さあ、此方へ』

ベラに連れられ、廊下に出ると既にそこには煙が充満していた。

屋敷の奥にあった抜け道まで連れだって行き、プリシラは一緒に逃げるものだと思っていた。だが、ベラは言ったのだ。

『此処から出ると、近くの村の教会に繋がっています。迎えが行くまで、そこで隠れていてください』

『ベラさまは？　一緒に逃げましょう！』

『私はフィリーネさまを探しに戻ります。それから、私に敬称は要らないと何度も教えた筈です』

厳しいフィリーネ姫の第一侍女はそんなことを言って、プリシラだけを逃がして抜け道がバレないように塞《ふさ》いでしまった。

プリシラは泣きながら教会まで逃げ、そして迎えに来たバートラムと彼らの祖国、アマルセンに逃亡したのだった。

プリシラは己を問い詰める王に、訥々《とつとつ》と話す。

「バートラムさまは、フィリーネ姫さまもベラさまも、焼け跡からは見つからなかったと。抜け道は一つではなかったので、おそらくこのブレナリ国に潜伏《せんぷく》しているのだろうとおっしゃっています」

「なるほど。それは分かった。だがお前はどうなんだ、プリシラ」

「どう、とはどういうことでございましょう」

助かったから、今ここに居る。だが彼が尋ねているのはそんな話ではないのだろう。プリシラが不思議そうに尋ねると、ウィルフレッドは馬鹿にしたような意地の悪そうな表情で続けた。

「本物のフィリーネが見つからなければ、お前はこのままブレナリの王妃となる。身代わりが本物に成り代わる為に情報を流し刺客を呼び寄せる……。いかにもありそうな話ではないか」

「そんな！」

この王は、プリシラが王妃になりたくて皆を裏切ったのではないかと、そう疑っているのだ。プリシラは嫌疑をかけられたパニックで身体をびくりとして、一層恐怖に身を震わせた。

そんなプリシラに、ウィルフレッドは宥《なだ》めるように頰を指で撫《な》でた。

「脅《おび》えることはない。此方にとってはアマルセンの王女が居るという事実さえあれば、中身は誰でも良い。本物の姫君は高慢で口うるさいという話だ。お前が協力的な態度なら、大事に扱《あつか》おう」

「……私の役目は挙式までの期間をつつがなく過ごすだけです」

プリシラの、脅えながらもはっきりとした言葉にウィルフレッドは皮肉な笑みを見せる。

「それで、お前に何の利がある？」

利は、祖父の健康。それに、やはり平和だろう。

両親を過去の戦争で失っていたプリシラは、このまま二国の和平が上手くいってほしかった。

祖父のことは黙っていようと、プリシラは静かに言った。

「先ほど陛下は両国の平和の為に共にと、そうおっしゃられました」

「ふん、まるで本物の王族のような気高い理念だな。今、俺を誘惑したら王妃となって贅《ぜい》沢三昧《たくざんまい》に過ごし、宝石もドレスも山のように貰《もら》えるかもしれんぞ」

「アマルセンの王族がブレナリで贅沢をすれば、両国の平和からは遠ざかるでしょう」

国民感情が悪くなります、そう告げたプリシラに、ウィルフレッドは苛立った表情を見せた。生意気な口を利いてしまったのかもしれない。彼のエメラルドのような美しく輝く瞳に、燻《くすぶ》った怒りのような感情が渦巻《うずま》いている。プリシラはそっと目を伏せた。

次の瞬間、プリシラは彼に肩を押された。ほんの軽く押されただけでも、プリシラの背はベッドに着く。仰向けに寝転ぶプリシラに、ウィルフレッドが覆いかぶさってきて囁《ささや》いた。

「それでは、国民感情を好転させた上で和平派を増やす為の行動を起こそう」

「な、にを……」

プリシラは脅えて口ごもった。胸がばくばくと嫌な音を立てて鳴っている。

それくらい、ウィルフレッドが近付くと圧迫感があるのだ。少しでも起き上がると、彼の唇に触れてしまいそうだ。

プリシラが怖がる様子を見せたからか、彼は少し笑った。意地の悪そうな笑みだ。そして至近距離で囁く。

「ブレナリの王は嫁《とつ》いできた姫を寵愛《ちょうあい》し毎夜可愛がっていると、それを皆に見せつけるのだ」

そう言うと、ウィルフレッドはプリシラの唇に口付けた。

驚愕し、抵抗しようと両手で彼の胸を押したプリシラだが、びくともしなかった。あっさりとプリシラの両手はウィルフレッドに捕まりシーツに縫い留められた。柔らかな乳房が、男の逞《たくま》しい胸板に押し潰された。驚いているうちに、彼の顔が近付いてきて唇を塞がれた。

「んっ、んー」

唇を舐《な》められ、ぱくりと食《は》まれている。口付けも、初めての経験であるプリシラは顔を振って嫌がるが王は執拗《しつよう》に追いかけて続ける。

「や、やめて……ください」

声は弱々しく、抵抗というよりは懇願だった。だが王はニヤリと笑ってみせる。昼間の玉座は決して見せない、嗜虐《しぎゃく》性の強い笑みだ。

「良いのか？　お前が抵抗すれば、輿入《こしい》れしてきた姫君と王は不仲だという噂が立つかもしれない」

「そ、それは……っ、でも、挙式までは陛下と姫さまは二人きりになることは無いと、そう伺《うかが》っていました」

「本物の姫でもないお前が、俺の行動を咎《とが》めるのか？」

そう言われると、プリシラには返す言葉もない。

それでも、何か言ってこの行為をやめてもらおうと考えていると、ウィルフレッドはプリシラの夜着のリボンをほどき、裾に手をかけ捲り上げようとする。

まさか、と思うが脱がしてしまうつもりなのだろうか。

「や、やめてください……」

ウィルフレッドの手を制止する為に彼の手首を摑《つか》んだが、言い放たれた。

「その手を離せ」

命令されてしまうと、プリシラの力は抜けてしまう。国王の命令は絶対なのだと、心の底では理解している。それに、本当に心底嫌なわけではなかった。

ウィルフレッドには憧れのような、敬愛の気持ちを抱いている。恐ろしいのは行為そのものではなく、今からされることによって己の身体が変えられてしまうような、そんな予感がするからだった。

いやいやと首を横に振るプリシラの夜着を、ウィルフレッドは無情にも脱がしてしまった。挙式の後でもなく、今夜王が来るとは思いもしなかったので、何の変哲《へんてつ》もない白の夜着だった。それを脱がされ、下着一枚にされると心細くて仕方ない。

「ど、どうか、お考え直しください……」

「断る」

あっさりと拒否し、ウィルフレッドは再び口付けを始めた。今度は深いキスだ。プリシラの咥内《こうない》を彼の舌が這《は》いまわる。

「んぅっ、あっ……！」

舌先でくすぐられ、こそばゆいと思ったのは最初だけだった。すぐに触れられた上顎や下唇と歯の間がむず痒くなって、吐息混じりの声が出てしまう。

プリシラの舌は奥に縮こまっていたが、すぐにウィルフレッドの舌に搦《から》め捕《と》られ誘い出される。どちらのものとも分からない唾液《だえき》がぴちゃぴちゃと鳴って耳に響く。

「はぁっ、ぁ……っ」

息苦しくなって、顔を離してはあはあと息を整えようとする。だがウィルフレッドはまた強引に口付けた。苦しさと疼《うず》きで、プリシラの目尻から涙が零《こぼ》れた。

口付けをされているだけなのに、何故か下腹部が疼いていた。それは、彼の手が胸に触れた時にもっとはっきりとキュンと引き攣《つ》った。

ウィルフレッドの手は、やわやわとプリシラの胸を揉みしだいている。その手の平が、胸の先端を少しでも掠《かす》るとプリシラの身体はびくっと動いてしまう。

「ふ、腰は細いのに大きな胸だな。感度も良い」

「み、見ないで、ください……」

拒否の言葉に、ウィルフレッドは黙って胸の先端を口に含むという行動で応えた。

「あっ！」

唇に胸の先端を含んだまま、舌で転がして、そしてちゅぅっと吸われる。

プリシラは初めての刺激に足をばたつかせて声をあげた。

「あっ、あっ！　胸、やぁっ……！」

「気に入っているようにしか見えないが」

「あっ、あぁんっ」

片方を唇で、もう片方の胸の先端を指で弄《いじ》って愛撫《あいぶ》を続けられる。吸いつかれ、甘く嚙まれ、指で摘《つま》まれる。執拗に胸を責められ、プリシラの下腹部の疼きが強くなっていた。

そうなると、股の間にとろりとしたものが出てきたのを自覚してしまった。下着が濡れてきて、それを彼に知られたくないと強く思う。

やっと、ウィルフレッドが唇を離したと思ったら、次はもう片方の胸に愛撫を始めてしまった。先ほどまで彼の口で愛撫されていた乳首が唾液に塗《まみ》れ、赤く色付いている。そっちの方はまた指で転がされ、摘まれプリシラは大きな声を出してしまった。

「ああっ、も、やだぁっ」

「嫌だではなく、良いだろう？」

「ふぁっ、あっ、もうやめて……っ」

また甘嚙みされて、身体がぴくんと動いてしまう。下着は濡れてびしょびしょになっていた。

「胸を弄られただけで、濡れすぎだな」

揶揄するような言葉に、プリシラの瞳からまた涙がぽろりと零れた。身体が勝手に反応してしまう。恥ずかしくてたまらない。

彼の手が、下着越しにプリシラの襞《ひだ》を撫で上げた。途端《とたん》に、今まで以上の快感が身体を駆け抜けた。

「あっ、そこは……っ」

「こっちの方がいいのか」

含み笑いをし、ウィルフレッドはプリシラの襞の上部にある突起を撫で始めた。布の上からだというのに、そこに触れられると力が抜けるほどの快楽があった。

「あぁっ、んっ……」

濡れた布ごと、そっと突起を弄りながら胸の先端も舐められる。プリシラの腰はひくひくと揺れた。

「とろとろになっているな」

「あっ、あのっ、も、これ以上は……っ！」

段々、下腹部に疼いていた快感が高まってきた。これが弾けてしまうとどうなるのか、怖くてたまらない。嫌がるプリシラに、ウィルフレッドは益々笑みを深めた。

「何故《なぜ》やめてほしいんだ？」

「な、何だか、身体が変で……っ」

「此処《ここ》を撫でられているからか？」

ウィルフレッドの指が、突起を擦る力を少し強くした。プリシラの身体が途端に跳ねる。

「ああっ！　あぁんっ」

「イってもいいぞ」

「あぁっ、そこ、擦るのいやぁ……っ！」

プリシラが嫌がっても、ウィルフレッドの指は止まらない。円を描くようにくりくりと撫でたり、強く擦り上げてプリシラを追い上げていく。このままだと己の身体がおかしくなりそうで、嫌がったがすぐに絶頂は訪《おとず》れた。

「あっ、それ以上は……っ！　あっ、あぁぁっ！」

プリシラの腰ががくがくと動く。嬌声《きょうせい》と共に快感が突き抜けていき、硬直した後身体はぐったりとなった。力が入らない。

その間にウィルフレッドはプリシラの下着を脱がし、全裸にさせた。それなのに、己は服を着たままプリシラに覆いかぶさる。彼のシャツが胸に擦れただけで、乳頭が甘く疼いてプリシラの身体は震えた。

ウィルフレッドはプリシラの足の間に手を持って行ったかと思うと、前置きもなくつぷりと指を一本、挿入した。

「んっ……」

違和感に眉をひそめるプリシラを宥めるように、彼は額や頬に口付けた。

「痛むか？」

「少し、きついです……」

「これからゆっくりほぐしていく。朝まで時間はたっぷりあるからな」

また、ニヤリと笑われてプリシラは震えた。まだ、続きがあるのだ。これ以上、身体を弄られたらどうなってしまうのか分からない。

「どうして、こんなことを……」

「言っただろう、俺たちが仲睦《なかむつ》まじいのは皆を安心させることになると」

「だからって、そんな……」

「生意気で堅苦しく、愛想《あいそ》の一つも言えない王妃に可愛げというものを教えてやろう」

やはり、ウィルフレッドは苛立《いらだ》っていたのだ。

けれど、プリシラには男を宥め気持ち良くさせる言葉を知らない。ただウィルフレッドの気が済むまで好きにさせ、耐えるしかない。

プリシラは目を瞑って、嵐が過ぎ去るのを待つ小鳥のようにじっとした。

それを見たウィルフレッドは嬲るような声を出す。

「お前が我を忘れ、自ら腰を振っておねだりをするまで可愛がってやる」

プリシラの中に挿れられたウィルフレッドの指が、探るように蠢《うごめ》き始めた。プリシラの処女地は何の快感も拾えず、内臓に触れられる妙な感触があるだけだ。瞳を閉じてそれを我慢していると、鎖骨に柔らかなものが押し当てられた。思わず目を開けて見る。ウィルフレッドが啄《ついば》むように優しいキスを鎖骨に、首筋にと繰り返していた。

「っ……！」

下腹部の違和感は気持ち悪いが、優しい口付けはプリシラの官能を呼び起こす。唇は頬に、唇に、耳にゆっくりと移動していく。特に耳をゆっくりと舌で愛撫された時には、プリシラはびくびくと反応していた。

「はぁっ……」

「力を抜いて、俺の指を感じろ」

耳元で囁かれると、ふるりと身体が震える。

言われた通りに、目を瞑って中を動くウィルフレッドの指に集中してみたが、やはりよく分からなかった。

しかし、耳から動いた唇が予告無しに胸の先端に触れた時、快感で下腹部が引き攣り彼の指を締めつけてしまった。

「あんっ……」

「胸を舐められ、感じているんだな」

揶揄されて、とても恥ずかしかった。慌《あわ》てて唇を噛みしめる。

だがウィルフレッドは更なる快楽を与えてきた。胸を舐め、食み、噛んで感じさせてくる。中をかき混ぜる指は二本に増え、ぐちょぐちょといやらしい水音を立てていた。声を我慢する為に、息を抑えながら吐く。

「っ、ふ……」

「大分ほぐれてきたな。淫《みだ》らな身体をしている」

また意地悪な声が降ってくる。

いつまで続くか分からない責め苦に、プリシラの目尻から涙が零れる。

早く、終わらせてほしい。

そう願っていると、存外に優しい唇がこめかみに当てられた。

「何か言いたいのか？　聞いてやる」

「……は、早く……終わらせてください……っ」

「嫌だ」

素《そ》っ気《け》なく断られ、また涙が溢《あふ》れた。

一体ウィルフレッドという男はどういう人なんだろう。立派な王、治世者だと思っていた。でも、プリシラには無体を働いている。けれど、ただ強引に振る舞うわけではなく、優しく口付けをしたりプリシラの身体を気遣っているように見える。

プリシラには何が何だか分からず、混乱しながら感じてしまっていた。

　泣くつもりはないのに勝手に涙が出るのは生理的な反応なのだろう。そんなプリシラに、ウィルフレッドは優しいキスを与える。唇を舐められた後、舌がするりと入ってきた。物足りない刺激に、プリシラがつい自ら舌を絡め、快感を追っていると異変は起こった。

　ウィルフレッドが中の指をいくら動かしても、何ら気持ち良くはなかったのに口付けを受けながら腹側の内壁を擦られたら、腰が浮くほどの疼きが襲って来たのだ。

「あっ！」

「此処か？」

　ウィルフレッドは目ざとくその場所を見つけ、指の腹でそこばかりを擦り始めた。

　どうだ、と目顔で問われたのでプリシラは感覚を集中させようとするが、よく分からない。

「っ、分から、ない、です……っ」

　じっとプリシラを見つめていたウィルフレッドが、また顔を近付けた。そっと唇を寄せ、下唇を食んで軽く歯を立てる。

「あぁっ……」

　また、中が蠢き始めた。肉壁を攻める指は、鋭すぎる快感を運んできた。痛いほどのその感覚に、プリシラは首を振って彼のキスを避けた。

「っ、それ、いやぁ……っ！」

「感じているくせによく言う」

ウィルフレッドはとどめとばかりに、蜜口《みつくち》の上部に膨《ふく》れて存在を主張していた快感を司る突起を親指で押し潰した。

「きゃぅっ！」

一瞬で絶頂が近付いてきた。

いやいや、と首を横に振るとウィルフレッドは胸の先端をかり、と噛んだ。

もうどれが引き金か分からない。中の良いところを擦られ、彼の指を締めつけながらプリシラは絶頂から飛び降りた。

「あぁっ！　あーーっ！」

先ほどの快感より、もっと深く長い達し方だった。がくがくと腰が揺れ、蜜が溢れ出る。

しかも、その間もずっとウィルフレッドは手を止めずに快楽を与え続けるのだ。

「ああーっ！　いやぁっ、それっ、だめぇっ！」

「そんなによがっているんだ、もっと喜んで俺の愛撫を受けろ」

「あーっ！　あぁぁぁっ！」

執拗に中の良い所を擦り続けるウィルフレッドに、プリシラはのたうって感じた。

顔は涙とよだれでぐちゃぐちゃで、いつもの知性ある表情とは程遠い。理知的な言葉など話せなくなってしまった。

そんなプリシラに、ウィルフレッドは喉の奥で笑って言う。

「良い顔だな、プリシラ」

「あぁっ、あっ、あーーっ！」

「誰にでも感じる、淫乱な身体をしている。そういうところは好ましいぞ、プリシラ」

感じながら、プリシラは涙を零した。

でも何も言えない。彼の言うことは本当なのだ。

もうお尻の下にまで蜜が流れでて、シーツは冷たく濡れていた。

「あーーっ、また、おかしくなっちゃうっ！　あぁぁぁっ！」

びくびくと身体が痙攣《けいれん》し、腰が浮く。蜜を撒《ま》き散らし泣きながら、プリシラは達した。

それで、ようやくウィルフレッドが指を中から抜いてくれた。

プリシラは身体を動かせず、足を開いたまま荒い息を吐いていた。ふと視線を感じてウィルフレッドを見ると、彼は服を脱ぎながらプリシラの身体をじろじろと見下ろしていた。

目だけで犯されているようだ。

嫌なのに、プリシラの蜜がまたこぽりと零れた。

「お前は美しいよ、プリシラ。俺の慰み者に最適だ」

そう言いながら、服を全て脱ぎ去ったウィルフレッドがベッドに上がってくる。服を脱いでも、彼は美しく素晴らしい肉体の持ち主だった。

逃げる気力もなく、ぼんやりと見つめているとウィルフレッドはプリシラの足の間に身体を割り込ませた。既に彼の雄は大きく勃《た》ち上がっていてプリシラは恐ろしいと思う。それなのに、彼のことは美しいと感じた。少し汗ばんだ額も、昼間見た時より乱れた髪も、鍛《きた》えられた身体も、恐ろしい雄の形さえ美しいのだ。

蜜口に、彼自身の先端があてがわれる。

「俺は今まで、公人としてかなり抑圧された生活を送ってきた。一挙一動を監視されながらな」

「うっ、痛っ……」

めりめりと肉棒が侵入してきて、下腹部を痛みが襲う。けれど、ウィルフレッドの話を聞かなければと唇を噛みしめた。彼の話は続く。

「お前を抱くのは、気晴らしの為だ。今まで出来なかった発散を、せいぜいさせてもらう。身代わりの娘にはぴったりの役目だろう」

「ちがい、ます……っ、あぅっ！」

プリシラの役目は、フィリーナ姫が結婚式までの間、安全に過ごす為の影武者だ。それは二国の平和の為にもなるだろう。

それなのに、ウィルフレッドを慰める為に身体を使わなければならないなんて。

彼はやはり、怒っているように感じる。

謝った方がいいのだろうか。でも、どうして怒っているのか分からないのに謝罪したところで余計気分を害されそうだ。

それに、痛みと衝撃で話すどころではなかった。

ウィルフレッドは腰を押し進めては引いて、着実に奥まで進めてくる。痛みで縮こまり、固まるプリシラに彼は言った。

「プリシラ、舌を出せ」

言われた通りに舌を出すと、優しく舐められて唇を挟まれる。気付けば彼の咥内に舌を取り込まれ、舐られていた。キスの快感にほっと力が抜けた瞬間、彼の腰が突き上げられた。

「んぅっ！」

ウィルフレッドの骨盤が足の間にぴたりと収まっていた。

最後まで挿《い》れられてしまったのだ。

未婚の娘として、大切な純潔を失ってしまった。それでも、嫌だという感情より身体の疼きの方が大きかった。中に入っている彼の雄を感じて締めつけてしまう。

ウィルフレッドはしばらくじっとしていたが、またプリシラにキスをしたり胸に触れたりし始めた。

「あっ……」

痛みだけではない、切なく疼いていた箇所が、外の刺激に反応して動く。それはウィルフレッドの雄に絡みつき、蠢き始めた。

彼がニヤリとして言う。

「やはり淫らな身体だな。何も言わずとも、俺を責め立て強請《ねだ》っている」

ウィルフレッドが動き始めた。それでも、強く突かれると痛みで息が止まりそうになる。

プリシラが息を鋭く吸うと、分かっているかのように彼の腰がゆるゆるとした動きになった。それも、浅いところを行ったり来たりしている。

「はぁっ、あ……」

プリシラの身体の強張《こわば》りが取れ、息が楽になったのをウィルフレッドが見てとったのかフッと笑う。そして、先ほどまで散々指で攻め立てた、中の良い所を先端でぐっと押した。

「あぁっ！」

プリシラの身体はびくんと震え、思わず大きな声を出してしまった。

「やはり此処だな」

勝ち誇ったように言うと、ウィルフレッドは肉棒の一番太い部分でプリシラの良いところをごりごりと擦り始めた。

「あぁっ、そこはっ……！」

「初めてで快楽によがるとは、才能がある」

含み笑いをしたウィルフレッドがそこばかり攻める。認めたくなかったが、プリシラの身体は快感を拾っていた。

「ふぁあっ、あーっ！　そこばっかり……っ」

「奥を突いたら痛そうにするだろうが」

気遣われているのだろうか。お礼を言うのが礼儀だろうか、でも無理にされている行為の最中にそんなことを言うのは……。

「気を散らすな」

ウィルフレッドは不機嫌に言い放つと、繋がっている部分に手を触れる。指はつつっと動いて、敏感な突起をぬるぬると弄った。身体がびくんと反応し、プリシラの身体に鋭い快感が走る。

「あーっ！　あっ、やぁっ、おやめ、ください……っ」

「素直に認めろ、感じているんだろう」

「んぁっ、んっ、あーっ！」

外の感じるところを擦られながら、中の良い部分を抉《えぐ》られると、プリシラの身体に痺《しび》れるような感覚があった。それが積もって、発散しきれない熱となっていく。

このままでは、本当に淫らな身体だということを露呈《ろてい》してしまう。これ以上は痴態を見られたくないと、プリシラは彼に懇願した。

「あぁっ、いやっ！　陛下、お許し、お許しくださいっ！」

「許すぞ、イけ」

「あーーっ！　いや、あーーーーっ！」

王に許され、プリシラは泣きながら達してしまった。

それを見届けたウィルフレッドは、プリシラの膝裏に手を差し入れ、大きく開脚させた。

それから思いきり突き上げる。今度は彼が快感を追う番だった。

ぱんぱんと肉がぶつかる音がする。

ウィルフレッドの肉棒が激しく出し挿れされ、じゅぶじゅぶと蜜が飛び散る。

「くっ、濡れすぎだ。だが、よく締まっている」

「ふぁっ、あっ、あっ！」

激しく揺さぶられ、プリシラは嵐に巻き込まれたような心持ちだった。

でも、もうすぐ終わる。ウィルフレッドが眉をひそめ、苦しそうな表情をしているので
プリシラはそう予想した。

「出すぞ、プリシラっ……！　くぅっ」

奥までぐぅっと突き上げ、ウィルフレッドが腰をぐりぐりと擦りつける。

「あ……」

彼の子種が、プリシラの中で放たれたのだと分かってしまった。

でも、終わった。やっとだ。

身体は動かないけれど、自身の中から雄が引き抜かれプリシラは安堵《あんど》した。

恥ずかしかったし、痛かったり気持ち良くなってしまって混乱したけれど、今夜はもう休める。明日のことは朝、目覚めてからまた考えればいいだろう。

プリシラは瞳を閉じた。

すると、ウィルフレッドはプリシラを横向きに寝かせた。そして背後から抱きしめるように一緒に横になる。

「陛下……？」

「お前には特別に、俺の名を呼ぶ許しをやろう」

「ウィルフレッドさま……」

「ウィルでいい」

寛大にもそう言うと、ウィルフレッドは後ろからプリシラの蜜口に自身を突き立てた。

「あっ、陛下……っ！」

「違うだろう」

慌てるプリシラだが、動くことは出来ない。また、先ほどとは違う体勢で雄が侵入してきて涙が零れる。

「もう、おやめください……っ」

「何故俺がお前の言うことを聞かねばならない?」

ウィルフレッドの腰がゆっくりと動き始めた。手は胸を揉みしだいている。

「ああっ、へ……ウィルさま……っ」

「お前の身体はいやらしく、なかなか心地が良い。しばらく可愛がってやろう、プリシラ」

嫌なのに、痛いのに、感じてしまう。

責め苦は朝まで続いたのだった。

第三章

プリシラのお妃教育が始まった。

以前ベラに評された通り、教養に於《お》いてはプリシラの知識に何ら不足は無かった。歴史、言語については特に優秀で、また美しい文字を書くと褒《ほ》められた。

ダンスやテーブルマナーなど、パーティや夜会での振る舞いもまあ及第点《きゅうだいてん》だった。

ただ、人間関係の把握や会話については叱《しか》られてばかりだった。

それは、知識はあるが余計なことは話さない祖父と二人暮らしだった影響だった。祖父は美辞麗句《びじれいく》などを言う人ではなかった。むしろ、余計なことを話して本題に入らない客にはぴしゃりと用件を伝えろと告げていた。

そんなプリシラが、気の利いた会話なんか楽しめるわけがない。

プリシラに貴婦人としての心得を教えるタリス夫人は、生まれながらの貴人だった。つまり、プライドの高さと自意識の強さが物凄い。その代わりに、声の出し方、仕草の一つまで計算し尽くされている。

そのタリス夫人が延々とプリシラにマナーについて説いている。

「フィリーネさま、わたくしどもは美しく振る舞うことこそが義務なのです。それは会話、目くばせ、人に対する言動全てに及《およ》びます」

「はい……」

無理だ。

それは、本物のフィリーネ姫の本分だ。プリシラはただの町娘なのだから、本物の姫君のように振る舞えるわけがない。

だがタリス夫人は容赦なかった。

「その返事がいけません。自信無さげで語尾のはっきりしない言葉など、王妃には必要ありません」

「…………」

「言葉一つで華やかさを出しなさい。誰かの影に隠れてはいけません」

プリシラにはやはり無理だ。代筆業という、まさに影から支えるような仕事をこつこつするしか出来ないと自覚している。

俯《うつむ》いて黙ってしまうプリシラを、美しくないと批判するタリス夫人に何も言い返せなかった。そんなプリシラに夫人からの説教の言葉が更に続きそうになった時に、王の訪《おとな》いを告げる声があった。

タリス夫人は美しい姿勢で立ち上がった。プリシラも気をつけながらそっと立ち上がった。

ウィルフレッドの姿を見ると、タリス夫人は華やいだ声を出した。

「まあ陛下、お会い出来て光栄ですわ」

夫人は四十歳を越え、彼女の息子はもう成人済みだというのに頬が紅潮している。ウィルフレッドに会えて本当に嬉しいのだろう。

彼もよく分かっているようで、夫人の手を取り口付ける風に顔を寄せる。

「ごきげん麗《うるわ》しいようだな、タリス夫人。姫君の特訓成果はどうかな」

「全くよろしくありませんわね。このような態度では、我が国の品格が疑われます」

「はは、それは手厳しいな」

「アマルセンでは一体どのように教育されてきたのやら」

ちくりと言うタリス夫人に、ウィルフレッドはさらりと嘘を告げた。

「そう言わないでやってくれ。彼女はどうやら、知識はあるが実践が伴わないようだ。これからこの国で羽ばたき方を学ぶ、巣立ったばかりの雛鳥《ひなどり》というわけだ」

「まあ、どうりで。頭でっかちで理屈っぽいところがありますわね。全く、今まで何をしていたのでしょう」

「これからは、タリス夫人に倣《なら》って華麗な振る舞いをすることだろう」

目の前でこきおろされるのは辛かった。俯くプリシラに、またタリス夫人が叱咤《しった》する。

「どうして俯いて黙っているのです。貴女も会話に入り、隙《すき》あらば言い返さなければいけません」

「…………」

この会話も、教育の一環だったのだ。

複数人との会話、それに嫌なことを言われた場合の対処。

何も言い返せないプリシラは全く不出来な生徒だった。

ウィルフレッドは笑いながら言う。

「貴女の口下手には困ったものだな。知識の舌戦《ぜっせん》では饒舌《じょうぜつ》だが、それは社交というものには不必要だ」

「……申し訳ございません」

散々だった授業がやっと終わり、タリス夫人が退室した。それでも、ウィルフレッドは部屋に残ったままだった。

人払いされた自室なのを良いことに、プリシラは不安な点を尋《たず》ねてみた。

「このように教育されても、挙式の後にフィリーネ姫さまが来られるので無駄なのではないでしょうか。むしろ、入れ替わったことがタリス夫人たちわたくしに関わった方にバレるのでは？」

「ならば、何故《なぜ》本物の姫のように振る舞わない？　お前が言動まで本物そっくりに真似ないのが悪い」

ウィルフレッドの言うことは当然なのかもしれない。それでも、プリシラには暴論に思えた。

「そんな、無理です。わたくしはただ姿が似ているからと連れて来られた、身分も無い娘なのです」

「フン、そんな女を送り込まれるとは、俺も舐《な》められたものだ。俺が偽物だと断罪するとは思わなかったのか」

プリシラはハッとした。

彼の言う通りだ。もしウィルフレッドが和平をそれほど重視しない王なら、プリシラは牢《ろう》に入れられたり、罪に問われ斬られてもおかしくないのだ。

「申し訳ございません……」

「まあいい。俺も楽しませてもらっているからな。なあ、プリシラ」

己の名を呼ぶ王の声は、ねっとりとした熱を持っていた。プリシラは狼狽《うろた》えて言う。

「陛下、まだ昼間でございます。執務は……」

「もう終えてきた。今夜は晩餐《ばんさん》会と謁見《えつけん》、夜会と立て込んでいる。今しか時間が取れない」

「っ、陛下……」

「時間の余裕も無い。早く脱ぐといい」

「いけません、そんな」

「俺を止めたいなら、会話術で説得するといい」

ウィルフレッドは嫌がるプリシラを寝室に連れ込み、慣れた手つきでドレスを脱がしていく。

カーテンも引いていない、明るい陽の光の中で足元にドレスの輪を作られたプリシラは恥じらって背を見せた。

「いや、見ないでください……」

「お前の全てを、光の中で暴《あば》いてやろう」

「そんな……」

コルセットも脱がされてしまった。だが、ふとウィルフレッドの動きが止まった。じっと黙って、プリシラの背中を見つめている。

「陛下……？」

「この背中の痣《あざ》は？」

「痣……」

「少し引き攣《つ》れた痕《あと》もあるな。火傷《やけど》か」

背中を指でなぞられ、身体がぴくりと反応してしまった。

だが、以前祖父から聞いた話を記憶の中から引き出す。

「わたくしが赤ん坊の頃に、火に巻かれたことがあるそうです」

「ああ、それくらい古い痕だろう。薄く痣になって、少しだけ皮膚が皺《しわ》になっている」

「あっ、おやめください……っ」

官能を引き起こすように悪戯《いたずら》に指でなぞられ、ふるりと震《ふる》えながらプリシラは言ったがウィルフレッドがやめるわけがない。

身体を撫《な》でながら、下着もストッキングも靴も全て脱がされ、裸にされてしまった。

明るい部屋に、プリシラだけが裸でウィルフレッドは王の礼服をかっちりと着込んだままだ。恥ずかしくて泣きそうなのに、立たされたままじろじろと見られる。彼が脱いだのは手袋だけだ。

じりじりと下がって行きそうになるが、ウィルフレッドは傲慢《ごうまん》に命じる。

「プリシラ、来い」

そう言われると、プリシラには拒否出来ない。逃げても、酷い目に遭《あ》わされるからだ。反抗したら、身体を意地悪く弄《いじ》られ泣かされると既に学習していた。

それに、今さら逃げるわけにはいかない。

ウィルフレッドのことは、当初は尊敬していたし憧れてもいた。それが、こんな無体を働く人とは思わず、彼に失望してしまいそうだ。

それでも、祖父の瞳の為に身代わりになると約束してしまったのだ。今さら、やめて帰れるとも思わなかった。

葛藤《かっとう》しながらも、プリシラは大人しく彼の目の前まで行ってそっと抱きついた。

ウィルフレッドは背中をつつっとなぞりながら言う。

「火事にでも巻き込まれたのか？」

「いえ、戦火に……、わたくしを背負って、母が必死に逃げたそうです」

「十八年ほど前か……。そうだな、丁度先の大戦の時期だ」

祖父と母は赤子のプリシラを庇《かば》いながら、必死に逃げて何とかこの王都にたどり着いたらしい。けれど、母は気苦労が祟《たた》ったのか、すぐ儚《はかな》くなってしまった。

背中の傷は自分では見えないし、痛みもなく薄いものだから全く気にしていなかった。

だが、あのフィリーネと共に居た館で暴かれた時は少々憂鬱《ゆううつ》だった。

プリシラとフィリーネの見た目はそっくりだったが、唯一違う点がこの背中の傷だった。

ほとんど目立たないし、人目に触れるところではないので大丈夫とベラには慰められたがフィリーネは勝ち誇ったように当てこすっていた。

『わたくしは傷も染み一つも無い身体よ、やはり下々の者は違うわね』

母が命を賭《か》けて助けてくれた身体だ。母と共に居た証のような気さえする。

プリシラはぼんやりとフィリーネと、そしてベラのことを考えた。

二人は無事だろうか。

すると突然、胸の先端を強く摘《つま》まれた。

「痛っ……」

「俺を目の前にして、ぼんやり考えごととは余裕だな」

「っ、申し訳ござ……っ、んんっ」

唇を塞《ふさ》がれ、抱きしめられる。ウィルフレッドのキスはすぐに深いものとなった。プリシラも舌を絡めおずおずと応える。

「んっ、ふっ……」

胸が彼の衣服に擦れ、その刺激でも感じてしまった。

ウィルフレッドの手は、プリシラの背中から腰へと移動し、ヒップを撫でまわす。既に、プリシラの蜜は溢《あふ》れていた。

数度抱かれただけで、プリシラの身体は快感を植えつけられ、ウィルフレッドに触れられるとすぐに濡れる身体へと変わってしまったのだ。

プリシラは、こんな身体にしたウィルフレッドを残酷な人だと思う。彼は気まぐれに優しく触れ、快楽を与えているだけなのにプリシラは身体だけでなく心まで翻弄《ほんろう》されてしまう。逃げられないから仕方なくベッドを共にする、そう言い訳しながら快楽に身を委《ゆだ》ねることに罪悪感もあった。

今もウィルフレッドはプリシラを優しくベッドに導き、うつ伏せに寝かせた。

そして時間が無いという割にはゆっくりと背中を口付け、火傷の痕に舌を這《は》わす。

「あっ、ん……」

「此方《こちら》の覚えは良いようだな。既に濡れそぼっている」

彼が蜜口《みつくち》に浅く指を付けると、くちゅりと淫靡《いんび》な水音がした。

先ほどの会話の授業とは違って、と暗に言われたと感じたプリシラは恥辱《ちじょく》を噛《か》みしめ口を開く。

「申し訳、ございません……」

「謝る事はない。褒めているんだ、こんなに俺の愛撫《あいぶ》を悦《よろこ》んで受け入れているとな」

彼はプリシラの腰を浮かせ、四つん這いになるよう促《うなが》す。そして、蜜に濡れた指を襞《ひだ》の間に差し込み上下になぞり始めた。

「あっ、いやぁ……っ」

「嫌がっている素振りはやめろ。此処《ここ》は嬉しいと言っているぞ」

「あぁっ！」

敏感な突起をぐっと押し込まれると、快感が鋭く走って声をあげてしまう。それが恥ずかしくて、唇を噛みしめた。

　本当に、嫌な筈《はず》なのに彼の愛撫に身体は応えてしまう。

「ほら、溢れて垂《た》れてきた」

「あっ、あっ！」

　ウィルフレッドの指が突起をぬるぬる撫でまわしていると、とろりと蜜が零《こぼ》れてしまう。

更に追い込むように、もう片方の手で突起の包皮《ほうひ》を剝《む》いてしまった。

　普段は慎《つつ》ましく隠れている陰核《いんかく》が空気に触れる感触に、プリシラの肌は粟立《あわだ》った。

「あっ、それ、やめてっ！　さわっちゃ……っ、あーーっ！」

　制止にも拘《かかわ》らず、ウィルフレッドの指は容赦なく陰核を押し潰し捏《こ》ねた。プリシラの腰が動き、それに伴ってお尻を振っている。プリシラには分かる術もないが、それはウィルフレッドの目を楽しませ興奮させるのに十分だった。

「素直に気持ち良い、もっとと言えばどうだ」

「そんな、ことは……っ、あぁ……っ、もう、ダメ……っ！」

　円を描くように指の腹でくりくりと弄られると、すぐに絶頂感が込み上げてきた。

「少しは我慢したらどうだ」

　ウィルフレッドはそんな風に意地悪い声を出すくせに、責める手は緩めない。

　容赦なく陰核を苛《いじ》められ、プリシラは我慢しようと思いながらも達してしまった。

「あっ、あーーーっ！」

四つん這いの姿勢が、頭が下がってお尻だけを突き上げた姿勢になってしまった。恥ずかしくみっともないからどうにかしたいのに、快感に溺《おぼ》れて顔が上げられない。枕に頬を埋めてしまう。

それをウィルフレッドはくすりと笑い、蜜口に指を挿《さ》し入れた。抵抗感なく、ぐちっと鳴りながら彼の指を飲み込む。中をかき混ぜていた指は、ほぐす為に動きながらもプリシラの良いところを探り当て擦っていく。

「あっ、そこ……っ！　いやぁっ」

「嫌だ嫌だと上の口はうるさいな。淫《みだ》らな身体と同様に、喜んでみせろ」

「ふぁっ、あっ、ぁーー……っ」

既に知られている感じる場所を的確に刺激されると、また快楽の渦《うず》が大きくなっていく。思わず腰を振りそうになって、プリシラは枕に顔を伏せたまま手をぎゅっと握りしめた。ウィルフレッドの思うがままに反応してしまうこの身体が嫌だった。

我慢しているのに、彼が少し愛撫をするだけで蜜を垂らしてしまう。

今も、ウィルフレッドが指を出し挿《い》れしながら別の指で敏感な突起を軽く擦られるともう限界が近付いていていた。

さっき散々嬲《なぶ》られた突起は、包皮が捲《めく》れ上がって陰核が膨《ふく》れ露出している。淫らに濡れて色付いている真珠にこれ以上触れられると達してしまうだろう。

「あっ、あーーっ！　またっ、もうっ……、あ……」

絶頂寸前というところで、ウィルフレッドはすっと指を抜いてしまった。

其処《そこ》をはしたなく濡らしたままプリシラがうつ伏せていると、代わりに熱く昂《たかぶ》ったものが蜜口に押し当てられるのを感じた。

まさか、と思う間も無かった。

予告無しに、ウィルフレッドは彼の雄を一気にプリシラの中に挿入した。

「あっ、あーーーっ！」

「くっ、いきなりイくな。搾《しぼ》り取られる……っ」

「あっ、あーっ！　今は、動かないでぇっ」

いつの間にか下衣をはだけていたウィルフレッドが、指で絶頂寸前まで導いた後に肉棒でとどめを刺したのだ。

プリシラは達してしまい、まだ絶頂から降りられないのにウィルフレッドは小刻みに腰を動かしている。プリシラの中の良いところをごりごりと的確に擦る為だ。

「あーーっ！　んぁーーーっ！」

涙とよだれで顔がぐちゃぐちゃになっているが、枕に顔を伏せて彼に見られていないからまだいい。

プリシラがこういう状態になった時、ウィルフレッドは底意地の悪い笑みを浮かべ侮蔑《ぶべつ》の言葉を投げかけるのが常だった。

お高くとまって才女を気取ってもこうなると堕落《だらく》した女だな、等と言われる。

そんなつもりはないのに、出しゃばった真似をしたとうざったく思われているのだろう。

彼がこんな風に当たるのは、プリシラだけなのだ。他の人には礼儀正しく、賢王と言われる態度だ。プリシラにも、最初はそうだった。

どうして、こうなってしまったのだろう……。

考えていると、ウィルフレッドの雄が最奥《さいおう》まで激しく突き上げてきた。

「ぁうっ！」

「余裕だな、上《うわ》の空《そら》で俺を受け入れるとは。此方に意識を戻してやろう」

彼の腰使いが容赦ないものとなった。ぱんぱんと肉のぶつかる音がして、深いところまで叩きつけられる。同時に、陰核を指で摘まれ揉み込まれた。両方の刺激を受けて、プリシラの意識がすぐに飛びそうになる。

「ひぁっ！　あーーーーっ！」

一瞬で達してしまい、また涙が零れた。

「ふぁぁっ、あーっ……！　もっ、やめてぇっ……！」

泣きながら懇願するが、彼の動きは止まらない。

「はぁっ、はっ……俺も、イく……っ！　くぅっ……」

奥までぐりぐりとねじ込みながら、中で遠慮なく放たれる。彼もやっと達してくれたと、プリシラはほっとした。

ずるりと引き抜かれると、思わず声が出てしまうがこれで終わった。

うつ伏せのまま息を整えていると、仰向《あおむ》けにひっくり返された。

ぼおっとウィルフレッドを見ていると、彼はプリシラの両足を大きく広げ、割り開いたその中にまた雄を埋めようとしている。

よく見ると、出したばかりの筈の彼自身はまだ萎《な》えておらず、天に向かってそそり勃《た》っていた。

「あ……っ、あぁ……」

「何だ、何か言いたいことでもあるのか」

寛大にも聞いてやろう、と言うウィルフレッドにプリシラは何と言おうか迷う。

時間が無かったのではないのですか、晩餐会の為のご用意を早く。

そう言ってしまうと確実に機嫌を損ねてしまうだろう。それは学習した。

でも、プリシラにはこういう時、どうやってウィルフレッドを諌《いさ》め出て行ってもらう為に何を言えば良いのか分からない。それでも、何とか己の意見を絞り出す。

「あの、わたくしは、陛下を心より尊敬しております。治世者として唯一無二の、素晴らしい国王さまです」

「…………」

ウィルフレッドの動きがぴたりと止まった。聞いてくれているのだ。

プリシラは続けて訴《うった》えた。

「だから、本当はこのようなことをされるような方ではないと、思うのです。もう、こんな真似はおやめください……っ」

「……プリシラ、俺を見ろ」

ウィルフレッドの声は低く、瞳は冷え冷えとしている。彼は怒っているように見えた。けれど、プリシラは彼の命じる通り、じっとウィルフレッドを見つめた。だが、彼は怒ったように続けた。

「お前は、俺を見ていない」

「え……？」

どういうことだろう。プリシラには彼の言っている意味が分からない。ウィルフレッドの真意を読み取ろうとその表情に視線を送ると、フッと唇の端が吊り上がるのが見えた。

「そんなお前には、やはり罰を与えるべきだな」

「あっ、いや、待ってっ、あぁぁっ！」

果たして、彼は聞く耳を全く持たずに腰を押し進めた。

プリシラの蜜口は、容易にウィルフレッド自身を飲み込む。

彼は奥まで挿れると意地の悪い声を出した。

「此処はそう思っていないようだ。物欲しそうに俺を強請《ねだ》っている」

「あっ、あーっ……！　いやぁっ……」

「心にもないことを」

鼻で笑って、また腰を動かすウィルフレッド。肉棒が中に押し込む時も、外に出て行こうとする時も、プリシラは快感として捉《とら》えてしまう。

でも、認めたくなかった。心では、本当に嫌なのだ。

「いや……っ、本当に、嫌なのに……っ」

泣きながら感じているプリシラに、ウィルフレッドはまた酷い言葉を投げつける。

「好きでもない相手にこれほど感じて濡れるとは、よほどの淫乱なんだろう。誰に抱かれてもこうなるんだろう？　プリシラ」

この人は、私が大嫌いでそれを思い知らせる為にこんな風に振る舞っているのかもしれない。

それが悲しくて、辛くて、やめてほしいのに感じてしまって、また心が痛くて。

「あぁっ、いやっ、あーーーっ！」

頭の中と目の前が真っ白になる。

プリシラは快楽に促されるままに絶頂に達し、そのまま気を飛ばした。

がくりと首が落ちたプリシラに、ウィルフレッドは容赦なかった。

「まだ落ちるな、俺が終わっていない」

頰を撫で、揺り起こしてからまた突き上げる。

「あーっ、そんなっ、あっ、あぁぁっ！」

快楽の宴《うたげ》は、ウィルフレッドが達するまで終わらなかった。

プリシラの中で思いきり放ってから、彼は戯《たわむ》れなのか何なのか、いつも抱きしめながら軽い口付けを繰り返す。額に、頰に、鼻先に。プリシラの額にかかったみだれ髪をそっと払い、優しい手つきで髪を撫でたりもする。

プリシラには、抱かれるのも辛いがそんな風に優しさを装われるのも惨《みじ》めだった。

快楽を叩き込むように強引に抱かれ、終わった後で取ってつけたように気遣うような素振りをされる。それは彼の気まぐれだと思っていたが、本当は憐《あわ》れんでせいぜい優しくしてやろうという気持ちなのかもしれない。

プリシラは、彼に馬鹿にされ蔑《さげす》まれているのではないかと疑った。

首を振って彼の手を払い、両手で距離を取る。

「もう結構です。気がお済みになったでしょう……」

早く出て行けという、プリシラからの拒絶だ。

それを聞いたウィルフレッドはふぅと一息吐いて身繕《みづくろ》いをした。物憂《ものう》げに額にかかった髪をかき上げ、ベッドに横たわったまま動かないプリシラに言い捨てる。

「また来る。それまでに少しは、俺を楽しませるような振る舞いを学んでおけ」

部屋は既に薄暗くなっていた。窓の外の宵《よい》の色に、プリシラの涙が光った。


プリシラの心はそれほど強く無かった。

ウィルフレッドは二人きりの時は意地の悪い物言いでプリシラを傷つけ、快感で身体を貶《おとし》める。だが、皆の前では紳士的に振る舞い、仲睦《なかむつ》まじい演技を強要するのだ。

泣きたくないのに、勝手に涙が出てくるようになってしまった。

泣いてしまうのも、一人の時ならまだいい。だが教育を受けている最中でも、少しの感情の揺れで涙が零れてしまう。

マナーの教師であるタリス夫人の前で泣いた時は最悪だった。

「何も言えずに涙を流すなど、貴婦人としてあるまじき行為です」

プリシラだって、そうだと分かっている。けれど、情緒不安定な心は制御出来なかった。

ちょっとしたことで、落ち込んだり泣いたりするプリシラの様子に、ラーラは大層心配してくれた。

「フィリーネさま、お加減はいかがでしょうか」

「ありがとう、大丈夫よ。病気じゃないの」

少し、感情が抑えきれないだけだ。大丈夫、と己に言い聞かせるように答えるプリシラに、ラーラは進言する。

「フィリーネさま、やはり此処はウィルフレッドさまとゆっくり話し合うべきだと思うのです」

「それは……」

彼こそがプリシラの心を弱らせた根源だ。

だが、ラーラはフィリーネ姫と王が仲睦まじく過ごしていると信じている。プリシラがこうなったのは、精神的な疲れのせいかちょっとした行き違いのせいかと思っているのだ。ラーラはプリシラが本物のフィリーネ姫だと信じて疑ってもいないし、当然バラすわけにもいかない。

プリシラが困り顔で何と言ったものかと迷っていると、ラーラはにっこりとしてプリシラを安心させるように口を開いた。

「私の兄がウィルフレッドさまと乳兄弟なんです。だから私も、幼い頃からウィルフレッドさまのお側に仕えているんですよ。気さくで、言えば分かってくださる方ですから、不安や心配ごとを相談されるべきです。遠慮は無用ですよ、きっと良い方向に向かいます」

彼自身がプリシラの不安材料だが、そうも言えない。

それに、プリシラもこの現状を打破するには話し合うのが良いかもしれないと思っていた。

きっと、真摯《しんし》に話し合えば分かってくれる筈だ。ウィルフレッドがプリシラのことを気に食わないのは、偽物の姫のくせに彼の気に入るように振る舞わないからだ、と思う。けれど、決して彼に悪意や敵愾心《てきがいしん》を持ってはいないし、私利私欲の為に身代わりとなっているわけではない。

プリシラは利益を享受《きょうじゅ》しようとして此処に居るわけではないと、説明してみたら良いのではないか。

引き受けたのは祖父の目の治療の為で、それは既にアマルセン王国が面倒を見てくれている。その辺りの話を、プリシラは全くしていなかった。だから、ウィルフレッドが不信感を抱いているのかもしれない。

「……そうね。ラーラ、お願いしても良いかしら」

「はい！　お任せくださいませ」

プリシラが頼むと、ラーラはさっそくウィルフレッドの予定を確認しに走って行った。間もなく戻ってきたラーラは、嬉しそうにお茶会の用意を始めた。

「陛下はお忙しい中、フィリーネさまの為に時間を割《さ》いてくださるそうですよ。やっぱり大切に思われているんですね、ふふ」

「……ありがとう、ラーラ」

ご機嫌なラーラに、プリシラはやっとのことでお礼だけは伝えておいた。

やがて、ウィルフレッドがプリシラの居室にやってきた。

プリシラは手ずからお茶を淹《い》れて彼に振る舞う。これも、貴婦人の嗜《たしな》みとして厳しい目でチェックされるかと、震える手を何とか動かした。

ウィルフレッドは笑みを浮かべながらも厳しく評する。

「動きが固く、必死な形相《ぎょうそう》なのは頂けない。もっと自然に振る舞え」

「はい、申し訳ございません陛下」

ウィルフレッドが手を振って人払いをした。ラーラが一礼して退室する。プリシラに「頑張って」と言わんばかりの目くばせをしてから。

部屋の中には、プリシラとウィルフレッドの二人だけとなった。

プリシラは何とか、歩み寄ろうとして口を開く。

「お忙しい中、足を運んでくださりありがとうございます」

「それで、話とは何だ」

きっと、ラーラが『フィリーネ姫さまがお話をしたがっている』とでも言ったのだろう。

プリシラは頭の中で考えていたことを必死に訴えた。

「その……わたくしは、本当にブレナリとアマルセン、二国が安定した関係を築けるよう願っております。誓って、利益の為ではございません」

「それで?」

ウィルフレッドは、馬鹿にしたような顔をしているが続きを聞いてくれるようだ。プリシラは続けた。

「わたくしが、アマルセン国よりこの身代わりを引き受けたのは、祖父の病のことがありましたが……」

「それは利では無いのか?」

「え……」

ウィルフレッドが鋭く口を挟《はさ》む。プリシラは彼の整った風貌《ふうぼう》を見上げた。

「お前は利益の為に引き受けてはいないと言う。だが、祖父の瞳を治す為には医者と薬が必要だった。それも十分に利だろう」

「それは……でも、誓って金銭や自分の贅沢《ぜいたく》の為ではないのです。陛下のお側に仕えるのもフィリーネ姫が結婚式を挙げるまでと理解しております」

「ふっ。式の後は代筆屋にまた戻ると?」

「っ!　どうしてそれを……」

言った覚えのない家業まで知っているウィルフレッドに、プリシラは驚いた。だが彼は事もなげだ。

「無論のことだ。お前の身分、背景、人柄は徹底的に洗われていた。害が無いと判断されたからこそ、入城出来たんだ」

「そ、それでは、わたくしが決して陛下を害さないと、お分かり頂けている筈です」

「どうかな」

素《そ》っ気《け》ない言葉に、焦燥《しょうそう》感が募る。また感情が昂ってきてしまった。涙が出てきそうになるのを堪え、プリシラは必死に説明した。

「一番最初の謁見の際の言葉通り、わたくしは平和の礎《いしずえ》となるよう、精一杯努めたいのです。どうぞ陛下も、おっしゃった通り共に力を合わせる為にお振る舞いくださいませ」

「その通り。だから、お前のもとに足繁く通い、二人の仲が良好だと態度で訴えているんだ。プリシラ、お前がすべきは俺に小うるさくものを言うことではなく、喜んで俺を受け入れてみせることだろう」

プリシラの目の前が真っ暗になった。

ウィルフレッドの理屈がおかしいと反論できず、言い負かされてしまいそうだからだ。

それでも、諦《あきら》めきれずなおも言い募《つの》る。

「そ、それでは、皆の前でだけ仲睦まじく振る舞えば良いでしょう……。わたくしは、その、二人きりでは……」

「妃として王城に上がったんだ。俺に抱かれようが、イかされようが、文句を言える立場ではないぞプリシラ。お前が引き受け、俺の前に現れた。それが全てだ」

「そんな……っ」

ウィルフレッドの、王としてはあからさますぎる言葉にも動揺し、プリシラは何も考えられなくなってしまった。心が荒れ、唇がわななく。我慢していたのに、勝手に涙が溢れてきてしまった。

泣いてしまったプリシラに、ウィルフレッドは鼻で笑って言う。

「何故泣く？　何を泣くことがあるのか、俺に分かりやすく説明してくれ」

「へ、陛下が……、そのような意地の悪い言葉ばかりをおっしゃるから……っ」

ハンカチで涙を拭《ふ》きながら言うが、涙声で男を責める言葉はまるで我儘《わがまま》を言う女児のようだった。

ウィルフレッドはくすり、と笑った。それは満足そうな笑みだった。

「なるほど、俺のせいだと。俺がお前の心を傷つけて、それが悲しくて泣いているということだな。いい気味だ」

「っ……」

「それから、以前お前は俺を尊敬していると言ったな。国王として素晴らしいと」

「は、はい。それは、心底思っております」

「お前の尊敬など要らぬ」

「へ、いか……っ」

どうしてそこまで、嫌われているのだろう。

自分なりに、頑張ろうとしてきたのに。

涙を零してウィルフレッドを見つめるプリシラに、彼は憎々《にくにく》しげに言った。

「お前の言葉など信用出来ない。本当は俺のことなど、見もしていないし何とも思っていないだろう。ただ甘言で俺を騙《だま》し、のうのうと此処で過ごすつもりだろうが。随分《ずいぶん》と甘く見られたものだ」

「あ……」

プリシラは思い知らされた。

何かをして嫌われたという話ではないのだ。

プリシラが身代わりとして現れ、王城に入り込んでフィリーネ姫として暮らしているということに彼は苛立《いらだ》っているのだ。

頼まれたから、祖父の為だから。そんな風に言い訳したって、引き受けたのも実際に身代わりになったのもプリシラのせいだ。現れた時から彼を騙しているプリシラを信用出来ないのも、当然だろう。プリシラは萎《しお》れて頭《こうべ》を垂れた。

「も、申し訳、ございません……」

「謝罪は結構だ。本当に申し訳なく思うなら、その分俺に尽くせ」

「はい、陛下……」

「それに……フィリーネ姫の居所は依然と知れず、生死も不明のままだ。もし姫がこのまま現れなければ、お前が本物になるんだ」

「……っ！」

そんな、どうしよう。

そんなこと、考えていなかった。挙式の前に、きっとフィリーネ姫とベラが現れると、それで身代わりはお終《しま》いだと、信じ込んでいたのだ。

震える唇で、なんとか言葉を紡《つむ》ごうとする。

「わ、わたくしは、そんな……大それたことは、出来ません……」

「出来なくともするしかない。喜べ、この俺の花嫁となり王妃として国母になるのだ。永遠にな」

「そんなっ……」

プリシラの目の前が真っ黒になった。

心が、ぽきりと折れた音が聞こえた気がした。


その日の夜から、プリシラの体調は悪くなってしまった。

怠慢《たいまん》からでもなく、サボっているわけでもない。ちゃんとお妃教育を受ける為に寝台から起き上がって着替えようとしているのだ。

それなのに、身体が言うことを聞いてくれない。立ち上がっても眩暈《めまい》と嘔吐《おうと》感でまた座り込んでしまう。

それは、ウィルフレッドが見舞いに来た時も続いた。

彼が寝台の近くまで来た時、プリシラはきちんと挨拶《あいさつ》しようと、しなければいけないと思っていた。それなのにどうしても身体が言うことを聞かないし、感情も落ち着かない。

プリシラには、涙を零しながら「申し訳ございません」と謝罪を繰り返す以外、何も出来なかった。

ウィルフレッドは寝室にラーラや従者たちが居たからか、寛大に頷いて許した。

「気にする必要はない。疲れが溜まったのだろう、養生して早く治すといい」

「はい……」

プリシラは寝台の上で、虚空《こくう》を見つめ過ごす時間が多くなった。

そんなプリシラを心配そうに見つめるのはラーラだった。

「フィリーネさま……」

ものも言わず、神経が張り詰め今にも壊れてしまいそうな主人を気の毒そうに思い遣《や》ったあと、ラーラは決意の表情で部屋を退室したのだった。

　向かった先は、国王陛下の執務室だった。


　ラーラが眦《まなじり》を吊り上げて執務室に入室してきたのを見て、ウィルフレッドは面倒なのが来た、と思うと同時にプリシラの具合を尋ねようとも考えた。

　果たして、ラーラは幼い頃そのままの激情を見せた。

「ウィルさま！　フィリーネさまがご病気になられたのは、ウィルさまのせいではないのですか！」

「知るか。あの女が弱かっただけだろう」

　ウィルフレッドはしらを切って否定した。だがそれで誤魔化《ごまか》されるラーラではない。

「いいえ！　ここに来られた当初、フィリーネさまは朗《ほが》らかで私にもお優しくしてくださいました。陛下と共に、二国の平和の為に在《あ》りたいとおっしゃられていました。ウィルさまから協力してほしいとお願いされた時は嬉しかったとも。その時は笑顔だったし、ウィルさまのことも素敵な方だと思ったっておっしゃっていました！」

「そうか、あいつそんな風に言っていたのか」

　無表情を装《よそお》ったが、ウィルフレッドは内心喜んでいた。

その割には素直に気持ちを伝えてこなかったが、プリシラは口下手だから仕方ないかもしれない。そんな風に思っているとラーラは益々いきり立つ。

「それが！　ウィルさまが寝室に来られた後は泣いてばかり！」

「あれは、そういうものなのだ。お前は知らないだろうが」

ラーラは未だ十八で、結婚相手も決まっていない。だから閨《ねや》での男女については分からない。それを良いことに、ウィルフレッドはプリシラの態度についてそういうものなのだと丸め込んでいたのだ。

だがラーラは語気強く反論する。

「ウィルさまがそうおっしゃるから、そういうものかと思ってましたが！　あんなに悲しそうに泣くのはやっぱりおかしいです！」

「あの女はそういう風に俺に抱かれるんだ」

「それはそうなんだとしても！　この間のお茶会の後、フィリーネさまは明らかに様子がおかしくなってたんですよ！　ウィルさまが傷つけたんでしょう！　その後、体調がおかしくなったし。お医者さまは気鬱症《きうつしょう》の類だとおっしゃってました！　原因はウィルさま以外考えられません！」

それはそうだろう。

ウィルフレッドはプリシラを壊してしまったのだと、その自覚はある。

その根底には、彼女は己を騙し嘲笑《あざわら》っていたのだという苛立ちがあった。

ウィルフレッドがフィリーネ姫の絵姿を見た時、美しいがこの程度の美姫はブレナリにも居るし、そのような姫でも己には媚《こ》び関心を惹《ひ》こうとするのを知っていた。

だが実際に見た身代わりのフィリーネ姫、プリシラはもっと美しかった。青空の映る湖《こ》畔《はん》のような水色の瞳が煌《きら》めいて、知性が溢れんばかりだった。

ウィルフレッドはプリシラに一目で惹かれたのだ。

話してみても、性格に難のあるフィリーネとは違い素直で、政治的な立場を分かっている。

だが、それだけだった。

プリシラはウィルフレッド個人にはまるで興味が無く、ただ身代わりの役目をこなせば良いと思っていたのだ。

ウィルフレッドが話しかけても、アマルセンの高官バートラムにちらちらと視線を送ってばかり。そんな様子が気に入らなかった。

あくまでも儀礼的にしか接することなく、ウィルフレッドのことは視界にも入れない。

その態度はウィルフレッドを激しく腹立たせた。

そしてウィルフレッドは、苛立ちのままにプリシラを手折《たお》ってしまったのだった。

触れれば素直に感じる身体は、ウィルフレッド好みで大いに気に入った。だが、彼女は嫌がるばかりでウィルフレッドに睦言《むつごと》一つ返さない。

身体は手に入れたのに、いつまでも強情なプリシラにウィルフレッドは益々苛立った。

抱きながら、散々に罵《ののし》った。

『愛しても居ない男に抱かれても感じるとは、淫乱な姫君だな』

『誰に抱かれてもこうなるんだろう？』

彼女は違うと否定したが、ウィルフレッドは別の意味での否定をしてほしかった。

つまり、ウィルフレッドに抱かれているから感じると、他の誰でもなくウィルフレッドにだからこうなると、そう言ってほしかったのだ。

しかし、プリシラはウィルフレッド自身のことなど何とも思っていないのが明らかだった。王としては尊敬しているという。けれど、ウィルフレッドという男のことなどまるで見ていない。ウィルフレッドは、尊敬などされたくなかった。

己を騙す為に現れたくせに、ウィルフレッドの中身には一切興味を示さないプリシラ。ウィルフレッドのプリシラへの好意は、そのまま憎しみへと変わった。

心が弱ってきたプリシラを、散々にやり込めて泣かせた時は胸がスッとした。

ウィルフレッドはプリシラの泣き顔が大好きという、嗜虐《しぎゃく》的な性癖を持っていたので涙を見るのも快感が得られたのだ。

だが一番には、自分が彼女の心に、たとえ傷つけ悲しみという感情でも植えつけることが出来たという歪《ゆが》んだ喜びがあった。

このまま壊してしまっても個人的には良いが、しかし国王と王妃という立場上はよろしくないだろう。ウィルフレッドは、この辺りで方向転換してもまあ良いと判断した。

それに、これからでも優しくするとプリシラは王という立場を除外した、ウィルフレッドという男を見るかもしれない。

分かった、とラーラに一つ頷いて言った。

「態度を改める。追い詰めないように、優しい言動を心掛ける」

ラーラはパッと顔を輝かせた。

「まあ！　やっぱりウィルさまは話せば分かってくださる方ですわね！　それではさっそく、フィリーネさまのお見舞いに行ってくださいませ！」

「プリシラだ」

「……え？」

ぽかんとするラーラをよそに、ウィルフレッドは考える。

アマルセン王国主導による、このフィリーネ入れ替わりには何かある。

バートラムが仕切っているようだが、もっと上役なり誰かが黒幕で裏の意図もあるのではないかと、そう予想していた。

そうでなければ、すぐバレるような偽りの姫を差し出さないだろう。

ウィルフレッドがプリシラを偽物だと気付いても、政治的な判断で害さないと読まれているのも面白くない。

だが裏の意図がまだ摑《つか》めない。もっと、バートラムやフィリーネの周辺、そしてプリシラについても調査をしなければ。

挙式までに正しい情報を摑まねば、足元を掬《すく》われるはめになるかもしれない。それまでは、せいぜいプリシラを大切にしてやろう。

挙式の後、プリシラを手放さねばならないという点については思考を放棄《ほうき》した。

今はそんなことを考えている場合ではない。もっと直近の、すべきこと考えるべきことは多々ある。

ウィルフレッドは立ち上がって言った。

「見舞いに行こう」

「はい。ですが、プリシラとは？」

「見舞い相手だ」

「え……？」

どういうことかと怪訝《けげん》な顔のラーラに、ウィルフレッドは簡潔に説明した。

この事実はウィルフレッドとごく一部の近習、ラーラの兄も含めて、数人しか知らないと添えて。

「えーーーーっ！」

ラーラの絶叫があがる執務室を後にして、ウィルフレッドはプリシラの居室へと向かった。

ウィルフレッドの入室に気付いたプリシラは、寝台に臥《ふ》せっていたが何とか身体を起こそうとした。

つい先日、初めて会った時には柔らかな笑みを浮かべていたその顔が、今では紙のような顔色になり不安そうだ。

我ながら歪んでいるとは思うが、やはりプリシラをここまで追い込み傷つけたのは自分なのだと実感すると笑みを浮かべてしまう。

そうだ、脅《おび》えでも嫌悪でもいい。俺をもっと見ろ。

ウィルフレッドは彼女を見下ろし言った。

「そのままでいい」

「申し訳ございません……」

「謝罪もいい」

責めるつもりはないが、端的に言うので厳しい口調に聞こえるのだろう。プリシラの瞳からぽろぽろと涙が零れた。

やはり、彼女の泣き顔は良い。興奮するし、今すぐ抱きたくなる。

そして、プリシラの涙を見ていると確かめずにはいられない。ウィルフレッドは分かっているのに無駄な質問をしてしまう。

「俺がそんなに嫌か？　抱かれるのも、傍《そば》に寄られるのも」

「…………………」

プリシラは俯いて泣いたまま、何も答えなかった。

それが答えだ。

ウィルフレッドは溜息を押し隠し、彼女の為に譲歩した案を告げた。

「これからはお前を抱かない」

「…………」

「ただ、体調が戻ったら俺との関係が良好だと知らしめる為に、公務を共にこなし臣下の前で仲睦まじい振る舞いをしてほしい」

「……はい」

小さく掠《かす》れた声だが、了承の返事が聞こえた。

プリシラは、公務や政治的な振る舞いは了承するのだ。

一重に、彼女の真面目さ故だろう。

そして、政治に影響の無いウィルフレッドとの関係は嫌がる。ウィルフレッドの心はささくれだったが、その苛立ちを押し殺した。

「完全に復調するまで、お妃教育は中止にする。その代わり、お前の得意分野の執務を手伝ってもらおう」

「わたくしに、出来ることであれば」

「主に代筆や外国語の翻訳だ」

「やらせて頂きます」

声はきっぱりとしたものだった。

プリシラが萎《しお》れていたのは、明日も見えない身で責め立てられるばかりだったからかもしれない。

自分の出来ることを与えられたら、それを支えに立ち上がろうとするのだろう。仕事一《いっ》辺倒《ぺんとう》で婚約者である己には目もくれないのが腹立たしいが、今は仕方がない。ウィルフレッドは最後にもう一つ告げた。

「それから、ラーラにもお前の名を教えた」

「……！」

「あれはお前に親身になるだろう、たとえ身代わりの偽姫だとしてもな」

「は、い……」

プリシラの言葉が震えた。先ほどとは違う涙が溢れてきているのだろう。

ウィルフレッドは寛容を装って言った。

「世話になりながら隠しているのも後ろめたかろうと思ったからだ。これからも、何でもラーラに相談するといい」

「あ、ありがとう、ございます……っ、本当に、ありがとうございます……」

ぽろぽろと涙を零すプリシラの目尻を、ウィルフレッドはそっと拭《ぬぐ》ってやる。

「それでお前の気が楽になるならいい。早く治せ」

「っ、はい……っ」

彼女のさらさらした銀の髪をそっと撫でる。

プリシラは嫌がらず、じっと大人しくしていた。

それはウィルフレッドの心を何故か、じんわりと熱くするのだった。

第四章

ウィルフレッドは約束を守ってくれた。プリシラは、そのことに感謝していた。

もう、彼はプリシラの寝台に訪《おとず》れることはない。

そして、皆の前では親切に優しくしてくれる。

気詰《きづま》りだったマナー教育などのレッスン全般を中止にして、プリシラが得意なことをさせてくれている。

そして、ラーラに何でも相談して良い環境を作ってくれた。

プリシラはまず、ラーラに謝罪した。今まで騙《だま》していたことをだ。

「本当に、ごめんなさい。わたくしは、本物のフィリーネ姫さまではないのです」

だが、ラーラは笑って首を振った。

「いいえ、謝らないでください。いきなりアマルセンの、しかも政府高官がやってきて無理に頼んできたのでしょう。断るのも難しいですよね……」

「ずっと心苦しかったのだけれど、言えなくて。ごめんなさい……」

謝るプリシラに、ラーラは頷《うなず》く。

「あの、本当の名前を呼んでしまうと、油断して人の居るところでも呼んでしまうかもしれないから、私はフィリーネさまってお呼びします。敬語も、崩せません」

「ええ……」

「でも、悩んでいることや困ったことがあれば、何でも言ってくださいませ。私は挙式までの間だけでも、誠心誠意お仕えします」

ラーラは本当に良い人だ。プリシラは涙ぐみながら深々と頭を下げた。

「本当なら、ラーラさんに仕えてもらえるような身分じゃないんです。でも、ありがとう。陛下に直談判《じかだんぱん》してもらって、とても助かりました。お陰で、体調もすっかり戻りました」

気鬱《きうつ》の原因となった悩みが晴れると、プリシラの不調もあっさりと治った。

今のプリシラは代筆、主にウィルフレッドの指示に従い彼の執務の手伝いをし始めていた。

執務中のウィルフレッドは有能で、的確な指示をしてくれる。もう意地悪《いじわる》な物言いをされることもない。

内心、騙す為にやってきたプリシラのことは嫌悪しているだろうが、それをまるで見せず覆い隠し、人当り良く話してくれている。

でも一体、どうして急にこんなに優しく接し始めたのだろう。プリシラは疑問に思う。

己が体調を崩したので、仕方なく親切にしてくれているのだろうか。彼に聞いてみたい。

でも、また鋭い言葉で
『それくらい自分で考えたらどうなんだ』

などと意地悪く返されたらと思うと怖くて聞けない。

結局は、申し訳ないと思いながらもこのまま時が続いてくれたらと望んでしまうのだった。


この日も、プリシラはウィルフレッドの執務室で共に過ごしていた。

彼は仕事を上手に割り振って任せてくれるので、プリシラにはやりがいがあるし達成感があるのが嬉しい。

代筆は勿論《もちろん》、形式通りに文書が出来上がっているかのチェックや、ウィルフレッドが目を通す前の書状を下読みするなど、色々なことをこなしていく。

執務室には様々な人が出入りしていたが、皆言い含められているのか、プリシラについて言及せず挨拶《あいさつ》程度でそっとしてくれていた。

「チッ、全く、神殿の業突《ごうつ》く張《ば》りどもめ」

ウィルフレッドが舌打ちし、悪態をついたのは、執務室内に誰も居《お》らずプリシラと二人きりだからだ。彼はごく少数の腹心にのみそういう態度を見せる。

その中の一人として認められたことを、有り難く思うべきなのだろうか。しかしプリシラの心情的には、彼に対外的な上辺だけの優しさを見せられる方が楽だった。

彼は今まで意地が悪く、嗜虐《しぎゃく》的で、プリシラの心を痛めつけて笑っていた。身体を弄《もてあそ》んで、快楽の底に突き落としては涙を流すプリシラを見て嬉しそうだった。

プリシラはウィルフレッドが恐ろしく、とても苦手だった。もし、彼が王ではなくただの男性……、いつも女性に取り巻かれ、モテて仕方ない男性だとしても、プリシラは彼に近付かなかっただろう。

端整な顔と鍛《きた》えられた肉体。すらりとした体軀《たいく》はいつも品の良い一級品の衣服に彩《いろど》られている。

プリシラが近付くのも恐ろしいほどの、地位と身分と財、それに美貌を持っている人だ。さらに、王としてのカリスマや支配力、実行力もある。

近寄るのも畏《おそ》れ多いし、一言で身分違いと言っても表現しきれない。

雲の上の人と下々の者代表といったところだろうか。

しかし、そんな雲上人は舌打ちをして続けるのだ。

「おい、俺に独り言を言わせるな」

あれはプリシラへかけた言葉だったのか。

話を聞いてほしいのだろうか、それとも何か尋《たず》ねた方がいいのだろうか。

今まで、祖父が仕事に関して口にすることといえば指示や結果のみだった。その仕事に対してどう思うか、とか感想とか、愚痴《ぐち》なんてものは一切話さなかった。

このお仕事は面倒ね、そう言ってしまったプリシラを諫《いさ》める祖父に、プリシラは無駄口を叩いてはいけないと学んだものだった。

だが、今そんな風に彼に「無駄口を叩くものではない」などと言ってしまうのは良くないだろう。良くないどころではない、大問題だ。

そんなことを言ってしまえば、彼の機嫌は著《いちじる》しく損なわれることになる。

プリシラは自分なりに、国王に阿《おもね》り機嫌を取ろうと思っていた。己の小さな意地の為に、ウィルフレッドとの仲を険悪にしたくない。

彼は、ちゃんと約束を守ってくれたのだから。

無体な真似をされたとは思う。でも、彼が騙されたと怒り、その苛立《いらだ》ちをプリシラにぶつけるのも理解出来た。プリシラが、そんなつもりは無かったといくら釈明《しゃくめい》しようと、ウィルフレッドを始めとする皆を騙す為に現れたことは事実なのだから。

嫌なことをされたし、酷い目に遭《あ》わされたけれど、彼の立場や怒る理由が分かるからどうして良いのか分からなかった。プリシラがいくら怒ったり、嫌だったと泣きわめいても、それをウィルフレッドにぶつけたところでどうにもならないだろうとも想像がつく。

プリシラには彼のことがまるで分からなかった。何を考えているのかも分からないし、その考えを知る為に何と尋ねてみれば良いかも分からない。結果として、こういう気持ちだったのかな、と推測するだけだ。

ただ、今は当初の予定通り、フィリーネ姫の身代わりとして振る舞う以外には何も出来ない。それが分かっているのに、ウィルフレッドのことを少しは知ることが出来ないかと、窺《うかが》うように見てしまう日々だった。

プリシラは書面から顔を上げて尋《たず》ねた。

「先ほどの、神官さまからの書状の件でしょうか」

果たして、ウィルフレッドは乗って来た。

聞いてくれ、とばかりに説明を始める。

「そうだ。大陸古代文字の件だ」

「例の、挙式に関する儀式について、ですね」

二人が目を合わせると、ウィルフレッドは頷いた。

この国の公用語とは別に、この大陸で古代に共通言語として使われていた文字がある。

未《いま》だに、国の伝統的な物であったり史実は今まで通り大陸古代文字で記される、という掟《おきて》があった。

ウィルフレッドに言わせれば、それはただの神殿の利権であり国としては現代文字に変えても何ら困ることはない。

だが、過去に記されたものは全てその大陸古代文字。読める者は高位の神官や歴史学者のみというその文字が記した通りに、ウィルフレッドたちの挙式もこなさなければいけない。

そうでなければ、ブレナリとアマルセン両国の真の平和は訪れないだろう、そういう神託だという書状が届いたのだ。

ウィルフレッドは鼻で笑う。

「何が真の平和だ。所詮は生臭《なまぐさ》の神官どもが己の手に権力を得る為に、文字にかこつけてしゃしゃり出てきているだけだ」

ウィルフレッドは神殿に実権を渡さないよう、慎重に統治を行っている。挙式の為に神官を呼ぶ、と言っても何やかやと役職を与えようとごねられ、もっともっとと実権を求められ、少しでも中央に食らいつこうとあの手この手で挙式の邪魔さえするだろう。

大体、元はといえば二十年前の戦争だって、神殿の暴走が原因だと言われている。神官どもが軍を煽《あお》り、小競《こ ぜ》り合いから本格的な戦となってしまったのだ。

そのような背景を、祖父から教えられ正しく認識していたプリシラは少し考えてから口を開いた。

「確かに、今は失われた文字ですが、そこまで習得が困難というわけではありません。読むことが出来る方は、神官以外にもいらっしゃるでしょう」

「そうだが、此方《こちら》の手駒《てごま》として今まで大陸古代文字を重要視していなかった。読める者は凡《およ》そ、身分が低い。そういう者を代表とすれば、また神殿から要らぬ腹を探られるのだ。そのような身分の者が正しい文字を理解しているのか、等と延々難癖をつけられる」

「そうですね……」

「かといって、挙式に関する一連の儀式を今までと変えるわけにはいかない。先の王の挙式についても調べさせているが、何せ三十年前だ。戦火によって資料が散在し全ては見つからない」

「…………」

ウィルフレッドは現在二十七歳。彼の父母である王と王妃は苦難の時代を生き、そして早くに亡くなってしまった。

彼は強い、プリシラはそう思う。

家族も居らず、ただ一人の王として国を、民を、率いようとしている。若くして国をまとめ上げ、戦いを繰り返していたアマルセン王国との和解も己の結婚によって成し遂げようとしている。

本物のフィリーネ姫が、ちゃんとこの若き王を愛し支えるようになれば良いのに。

そんなとりとめもないことを考えていると、ウィルフレッドはプリシラの顔を覗《のぞ》き込んでいた。

「何か、手を思いついたか？　大陸古代文字を読み解ける者に心当たりがあるとか」

その表情は悪戯《いたずら》っぽく、彼がこの会話を最初から誘導していたと思い当たった。

心当たりがあるも何も、プリシラが古代文字を読めるというのはウィルフレッドも知っているではないか。

それにしても、彼のこんな表情は珍しいな、と思う。いつもの彼は王の仮面をかぶっているか、プリシラの前では底意地の悪い笑みを浮かべるからだ。

プリシラは戸惑《とまど》いながらも言った。

「それでは、わたくしが陛下に大陸古代文字の基本を、ご教授いたします」

「教える？　俺がお前に教わるのか？」

それは予想外だ、とウィルフレッドは面白そうにしている。

プリシラは頷いて言う。

「はい。先ほども言いました通り、基本的な習得は簡単です。文字の読み方は現代語にも通じております。最近書かれた書簡は、基本的な読み方さえ分かれば解読出来ます。本当に古代に書かれたものは、音の読みは出来ても単語などの言語読解が難しく、歴史学者でないときちんと意味を読み取れないのですが」

「お前が読み解き、それを伝えるのではいけないのか？」

ウィルフレッドは、きっとプリシラがそうすると言い出すと予想していたのだろう。

しかし、プリシラは首を横に振った。

「そうすると、わたくしが本来の場所に戻った後、王妃が文字を読めなくなるでしょう」

本物のフィリーネは古代文字など解読は出来ないのだから。

だが、ウィルフレッドは事もなげに言った。

「時間の無駄だ」

「それは……」

「言語習得にかかる時間と、その効果を天秤《てんびん》にかけるとその価値はない。古代文字など、普段は何の役にも立たない上、俺が読まずとも他の者が理解したところで、同じ意味になる」

確かに、彼の言うことは尤《もっと》もだ。

ウィルフレッドの時間は有限。貴重な時間は、効果の高いものに費やしていかねばきりがないのだ。そう考えると、大陸古代文字の読み方など優先順位は限りなく低い。

プリシラが挙式用の儀式の文字だけ読んで、今をやり過ごしてもウィルフレッドは何も困らない。次に何かが起こるまでに、今から身分が高く卑《いや》しからぬ者に大陸古代文字の教育を施《ほどこ》せばいいのだ。

だが、プリシラは彼にも知ってほしいような気がした。

でも、ここで強く言って良いのかは分からない。

「……わたくしの出来ることであれば、やります」

プリシラはその場ではそう答えた。


翌日、執務室でプリシラはウィルフレッドに書簡を渡した。

彼は怪訝《けげん》な顔をして受け取る。

「これは？」

「現代語と、古代文字の対比を書いてみました。簡単なので、陛下ならすぐに覚えられます」

プリシラが昨夜、自室で作った教材のようなものだ。

ウィルフレッドは鼻で笑い呆《あき》れたように言った。

「夫となる者に渡す手紙にしては、随分《ずいぶん》色気が無いな」

「そうですね。それでは次に夫へ渡す文は、大陸古代文字で書いてお渡しします」

プリシラにしては軽口を叩いた。それはウィルフレッドにとっても面白かったらしく、くつくつと笑う。そして、目を細め真意を問うた。

「そこまでして、何故《なぜ》俺に教えようとする？」

「陛下に知ってほしいと思いました」

「何をだ」

その問いに、プリシラは少し考えてから答えた。

「失われし文化と伝統、と言うと大袈裟《おおげさ》でしょうか」

「そうだな」

ウィルフレッドがからかうように肯定したので、プリシラはもう少し頭を整理した。

「国の頂点に立つ陛下におかれましては、効率を重視して無駄を省くのは当然でしょう。けれど、効率だけでは現代に伝わらない文化や伝統などもある筈《はず》です。勿論、全容を知っておくべき、なんて主張はいたしません。ただ、その取り掛かりの一歩となる文字を知るのは良いかと思いました」

「分かった、分かった」

プリシラの主張に、ウィルフレッドはもういいとばかりに手を振った。

プリシラはすぐに謝罪する。

「申し訳ございません、うるさく言ってしまいました」

「全くだ。他の話はまるでしないくせに、文字が絡むとこうだ」

「そんなつもりは……無かったのですが、申し訳ございません……」

おかしなことに拘《こだわ》っている変人と思われたようで、プリシラは小さくなった。

だが、ウィルフレッドはプリシラが渡した紙に再び目を落とした。

「まあ、この程度ならすぐに覚えられる。良いだろう」

「無理強いしたようで、申し訳ございません……」

「その謝罪は、別のものでもらうことにしよう」

ウィルフレッドのその台詞は、存分に艶《つや》っぽい意味を含ませていたが、プリシラには届かなかった。

プリシラは意気込んで言ったのだ。

「はい！　わたくし、明日も手紙を書いて参ります。王を讃《たた》える、大陸古代文字の詩は現代にも伝わっておりますので」

「……そうか」

翌日、プリシラが渡した手紙は偉大なる王への賛美に溢《あふ》れたものだった。

勿論、ウィルフレッド本人には言及していない。

プリシラは、きっと陛下は喜ぶに違いないと期待して渡したが、ウィルフレッドは少し時間をかけて解読した後も特に表情を変えなかった。

お気に召さなかったのだろうか。プリシラが小首を傾げると、彼は言った。

「これならば、どの王に対しても言える賛辞なのではないか？」

「そう、でしょうか……」

最近の王の政策に関して、民が喜び讃えている言葉を入れた筈だが、そう言われてみれば別の時代の王にも当てはまるのかもしれない。

プリシラはその夜、ウィルフレッドという当代の王を褒《ほ》め称える詩を考え、何とか書いてみた。彼が喜んでくれたら嬉しい、そんな思いで一生懸命だった。

しかし、やはりウィルフレッドは特に嬉しく思う様子もなく、受け流してしまった。

プリシラ如《ごと》きからの賛辞は要らないということだろうか。

昨日よりはすらすらと古代文字を読み解くウィルフレッドを見ていると、彼は新しい紙にペンで古代文字を拙《つたな》いながらも書き始めた。

単語を二つ、書いたウィルフレッドはプリシラにそれを渡す。

「……まあ」

プリシラはそれを見て動揺してしまった。

ウィルフレッドが書いた単語はプリシラの名、それに「可愛《かわい》い」という形容詞だった。

一体、どういうつもりで書いたのだろう。考えても分からないし、その紙を見ても答えが書いているわけではない。それなのに、プリシラは何度も彼の書いた古代文字を見てしまう。

きっと、からかわれただけだろう。心にも思っていないことを、適当に書いただけに違いない。

そう結論付けて顔を上げると、ウィルフレッドと目が合った。彼は此方にじっと視線を向けていて、プリシラの様子を見つめていたのだ。

たった一言の文字で動揺しているのがバレてしまったと、プリシラはみるみる赤面してしまった。すっと目を逸《そ》らす。

ウィルフレッドが静かに笑った気配がしたが、顔は見られなかった。

プリシラがウィルフレッドと共に執務室で過ごすことは、当然といった雰囲気になっていた。

二人が仲睦《なかむつ》まじいと歓迎する声もある一方で、プリシラが社交をおろそかにし政《まつりごと》に口を出す女だという陰口も叩かれていた。

「気にすることはない。お前がどう振る舞おうとも、あげつらって批判する者は居る」

ウィルフレッドは事もなげだった。

そして、プリシラを励《はげ》ましてくれている。そう、親身になってくれているのだ。

これにはプリシラも、申し訳なさと有り難さがない交ぜとなる複雑な気持ちになった。

ウィルフレッドはプリシラの暮らしが不自由でないか、困ったことはないかと尋ね辛抱強く話を聞いてくれる。

以前の意地の悪さが嘘のようだった。一体どうして、彼はこんなに変わったのだろう。プリシラはほぼ毎日、ウィルフレッドと執務室で同じ時間を過ごしている。彼を見ていると、本当にプリシラに親切で優しく振る舞っているように思えた。だがそれは、プリシラが単純で世間知らずだから騙されているだけなのだろうか。

けれど、ウィルフレッドは本物の賢王で人に対して公正であるし、臣下に対して理不尽な態度を取ったことなど一度も無かった。治世に対しても素晴らしく有能で、皆が彼を讃え頼りにしている。それは、嘘ではない。プリシラも尊敬の気持ちが日ごと大きくなるし、傍《そば》に居られて光栄だと思う。それは本当なのだ。

だが、一度はその尊敬の気持ちを失望に変えられた。無理矢理抱かれ、傷つけられたことは事実だし、全て忘れてしまえるわけはない。一体、彼の本質は何なんだろうか。もし、ウィルフレッドが最初からずっとこんな風に、人格者の王として振る舞っていたら、プリシラはすぐに彼に恋し馬鹿な夢を見てしまったことだろう。

今もまだ、ウィルフレッドはプリシラに怒りを抱いているとプリシラは知っている。でも、彼の卓越《たくえつ》した自制と振る舞いは内心を一切表に出さない。ウィルフレッドが何を考えているか、プリシラには計り知れなかった。

ただ、その内側に触れると激情に焼きつくされ、プリシラはただでは済まないということだけは分かっている。だから簡単に彼のことを知りたいと尋ねたり、内面を窺うようなことが出来ないのだ。

ウィルフレッドのことは気になるし、もっと彼のことを知りたい。でも、また傷つけられたり無体な真似を働かれたら怖い。

それに、ウィルフレッドの今のプリシラへの振る舞いは、円満ぶりをアピールする為の対外的なものかもしれない。そんな風に考えてしまって、軽率に踏み込むことは出来なかった。

結局、プリシラはウィルフレッドが今演じている立場に合せて傍に立つことしか出来ない。プリシラは瞳を伏せて礼を述べた。

「……ありがとうございます。わたくしが出来ることだけをして良いよう、取り計らってくださって感謝いたします」

プリシラが出来ないことはしなくても良いように、ウィルフレッドが采配《さいはい》してくれたから今のこの状態があるのだ。

長期的に王妃として彼の横に立つなら、勿論そんな風に甘えたことは言えない。

心の弱い、身代わりの娘に与えてくれる優しさを、申し訳ないと思いながらもプリシラは享受《きょうじゅ》していた。

そして再び書面に視線を落とす。最近は、ウィルフレッドの指示通りに文書が記されているかのチェックなど、より近しく重要な仕事も任されていた。

立派な腹心と言っても良い内容の仕事に、プリシラは必死に応えようと頑張っていた。かけられた期待には、結果を出したいのだ。

「プリシラ」

「はい」

ウィルフレッドから声をかけられ、文字を綴《つづ》りながらつい返事をしてしまったプリシラはハッとした。今のプリシラは、プリシラではないのだから。

書面を見たまま、一時固まるプリシラにウィルフレッドは再度呼びかける。

「プリシラ」

彼は、プリシラが己の顔を見つめるまで呼び続けるのだ。

それは、閨《ねや》での癖から分かっている。

プリシラはのろのろと顔を上げた。ウィルフレッドがじっと見つめている。その視線に怯《ひる》みそうになりながら、口を開いた。

「ウィルフレッドさま、わたくしはフィリーネです」

「二人きりの時は良いだろう」

「それに慣れてしまうと、ついうっかりということも……」

「俺がそんな間抜けだと？」

そう言われると、肯定など出来るわけがない。

ごく一部の、信頼出来る人物と居る時のウィルフレッドの一人称は『俺』で、それ以外は『私』だ。その使い分けは完璧だとプリシラは知っていた。

それでも、プリシラは首を横に振る。

「いいえ。わたくしの方が、もし誰かにバレてしまってそのように呼ばれた時、返事をしてしまいそうなので」

プリシラは真剣に、眉根を寄せてどうウィルフレッドを説き伏せようかと思っている。

しかし、彼の方はフッと笑って言った。

「お前が夢中になっている時、名を呼んだら凄い反応だったからな」

「……！」

閨での様子を揶揄《やゆ》されている。

プリシラはそう思い当たって、その直後頬がカァッと熱くなった。

ウィルフレッドはプリシラを貫きながら、何度もプリシラの名を呼ぶ。プリシラが閉じていた瞼《まぶた》を開けて、目を合わせるまで。

彼の声と唇が耳朶《じだ》を掠《かす》めるたび、プリシラは中に在るウィルフレッドの雄を締めつける。

彼と視線が合う度に、腰が揺れ少しでもウィルフレッド自身を奥まで取り込もうとする。

それを思い出して、プリシラは体温が上がった。羞恥で目を伏せる。

ウィルフレッドからの視線は変わらず送り続けられているようで、部屋の温度まで上がったように感じられた。プリシラは思わず声を出した。

「あ、あの……」

「何だ」

「そのように見つめられては、緊張します」

彼はくくっと喉の奥で笑ったようだ。

「何故、どのように緊張するんだ？」

それは、今までの触れ合いを思い出してドキドキしてしまって、でもそういう身体の触れ合いだけではなく、二人で話をしたり一緒に仕事をしたことも思い出してしまって。

プリシラは緊張や彼への複雑な思い、それに以前抱かれた記憶と身体が覚えていた快楽で混乱してしまった。

執務室は、とろりとした欲が渦巻《うずま》いた空間になっている。

ウィルフレッドは彼が宣言した通り、プリシラにあれ以来触れてこない。

けれど、プリシラが気を許してしまったらまた、手を出しそうな気配はあった。今のように、以前の親密さを思い出させるような言動をするのだ。

手管《てくだ》に長けたウィルフレッドの言葉一つ、目線一つでプリシラなど良いように操られてしまう。ドギマギし、赤面し、そして瞳を伏せて黙り込むしかない。

でも、今の彼は優しく振る舞ってくれている。それは演技だろうが、それでも全てが偽物ではなく、ウィルフレッドの本音のようなものが含まれているような気がするのだ。それは、プリシラの願望が含まれた考えだろうか。

プリシラがそっと瞳を上げると、彼からの絡みつくような視線が分かる。二人の間の温度が、益々《ますます》上がっていく。

その時突如《とつじょ》、執務室内に焦ったようなノックの音が響いた。

いつもは静かにそっと知らされる訪《おとな》いの音が、強く激しい。それだけで異変を感じられた。

プリシラはハッとしたし、ウィルフレッドもたちまち施政者の顔となった。

「入れ」

「ハッ！」

入室者はラーラの兄であり、ウィルフレッドの乳兄弟で腹心中の腹心、ルースだった。

プリシラは席をはずそうかと立ち上がったが、ウィルフレッドは手で制した。そのままで良い、ということだ。

ルースも頷く。

「その方がいいだろう。お前にも関係のある話だ」

人払いをした執務室で、プリシラの正体も当然知っているルースなので遠慮の無い言葉使いになる。

プリシラにも関係があるとは、まさかフィリーネ姫に何かあったとか、それともプリシラがただの町娘であるとバレたとか。一気に暗い予感に襲われ、プリシラは不安に身を竦《すく》めた。

だが、ウィルフレッドはあっさり言った。

「神殿の横やりでも入ったか。大神官からだろう」

「そうだ。ウィルの予想の範囲内だったか」

「まあな。神殿との折衝《せっしょう》もお前の仕事の一部だからな」

ルースの父は宰相《さいしょう》として権力の中枢に居るが、ルースも王の側近としてあらゆる業務を任されていた。

ルースが溜息を吐きながら軽口を叩く。

「こき使われて大変だよ、ほんと。休みはいつになったら貰えることやら」

「愚痴を言う間に働け。それで、神殿の要望は？」

「ああ。アマルセンの王族が大陸古代文字を読めるなんて聞いたことがない、いい加減な知識で陛下にデタラメを教えているんじゃないか、ってことらしい」

ウィルフレッドは大陸古代文字の基礎的な知識を得ると、神殿からの要望を凡そ跳ね除けた。神殿は、神官を数多く派遣してウィルフレッドとフィリーネの結婚式を牛耳《ぎゅうじ》り、それを足掛かりに再び権力を手に入れたいのだ。

プリシラはどう振る舞えば良かったのだろう。

自分のせいで困った事態になってしまったと、プリシラは不安げに二人を見つめる。

ウィルフレッドは落ち着いたものだった。

「その証明をどうするって？　俺は出ないぞ」

「分かっている。出てもらうのはフィリーネ姫、だ」

「……わたくし、ですか？　何をすれば良いのでしょう」

ルースが一つ頷いて、説明を始めた。

その計画をプリシラはしっかり聞き、そして受け止めた。

「出来るか？」

ウィルフレッドが静かに確認する。

それはやはり人の上に立つ者の顔で、プリシラは気が引きしまる思いだった。

神殿の要望という名の物言いに、いちいち王が出ては先方が思い上がる一方だ。

ここはプリシラが自分の役割をきっちりこなし、ウィルフレッドが出るまでもないと神殿に分からせるべきだろう。

「精一杯、やらせて頂きます」

「任せる」

王に任された。

それは、プリシラにとって紛《まぎ》れもない喜びだった。

言語に秀《ひい》でた者は、それを武器として城に上がり文官になることが多い。大陸古代文字に堪能な者は、神殿に上がり神官となるのが一番の出世コースだ。

プリシラの代筆屋でも、たまに手が足りない時にそういう文官志望や神官試験を受ける若者を臨時雇いにすることがあった。

そのどちらも、男性ばかりだった。

女性には、その門戸《もんこ》が開かれていない。もしプリシラが男に生まれついていたなら、きっと文官を目指して試験を受けていただろう。

だから今、別の形とはいえ王の仕事の一端を任されることはプリシラにとって嬉しい出来事なのだ。

プリシラは、改めて思い当たった。己は、王の臣下、王城に勤める官吏になりたかったのだ。

プリシラは心をすっきりとさせたからか、今までになくにっこりと微笑んだ。

「はい、お任せくださいませ」

プリシラが試される場は王城となった。

その翌日にも、ウィルフレッドとプリシラは伴だって挙式の行われる大神殿に出向くことになっていたからだ。

それは結婚式のリハーサルと下見を兼ねてだが、二日連続で『フィリーネ姫』が神殿に行くことをウィルフレッド側が難色を示した。なので、神殿関係者を王城に呼び、その前でプリシラが本当に知識があるのか、試すことになったのだ。

「大丈夫か」

プリシラの部屋まで来たウィルフレッドは、ポーカーフェイスながら苦い表情をしていた。

「はい、大丈夫です」

王に任された以上、己の知識を確かなものだと伝えたい。

そんな思いで返事をしたが、ウィルフレッドは更に続ける。

「本当に大丈夫か、フィリーネ」

それで、ハッとした。

プリシラは、フィリーネとして振る舞わなければいけないのだ。

彼は、そのことを思い出させてくれた。

プリシラは感謝を瞳に乗せて見つめた。彼がそれを受け取ってくれたことを確認してからツンとして言う。

「大丈夫だって言っているでしょう」

ウィルフレッドの舌打ちが聞こえ、笑ってしまいそうになる。

緊張は解けた。きっと、上手くいく。

プリシラはルースに導かれ王城の一室へと向かった。

「あいつ、心配そうだったな」

ルースがこっそりとプリシラに言う。

「そうでしょうか」

「ああ。恐らく、一緒について来たかっただろう」

「そのようなわけにはまいりません」

生真面目に返事をすると、ルースは溜息を吐いた。

「そういう気持ちだった、と言っているんだ。お前は頭が固く、言葉通りにそのまま受け取る」

それは、社交界で過ごすには多大な欠点だった。

彼のその言葉の後には、そのようなことでは身代わりなども覚束《おぼつか》ない、ウィルフレッドの為にならないことはするな、だろう。

申し訳ございません、と言いそうになったがプリシラは口を閉ざした。

ここで謝るのも、フィリーネ姫としては良くない対応だろう。

その場所は一室と言っても、何十人も入ることの出来る大会議室のような円卓のある部屋だった。

ルースの先導で入室すると、何人もの神官たちと城に勤める人たち。その服装はまるで違うのでくっきりと線引きが出来る。

神官たちは白のスモックだ。ゆったりとしたシルエットの人たち。

そして王城の、ウィルフレッドの臣下たちは色とりどりのきらびやかな、いかにも貴族といった身体にぴたりとした華やかな衣装だ。

プリシラが色の奔流《ほんりゅう》を眩《まぶ》しく思っていると、皆が一斉に立ち上がった。

「フィリーネ姫さまにおかれましては、ごきげん麗《うるわ》しく」

「麗しいわけがないでしょう。つまらない話でいちいちわたくしを呼び出さないでちょうだい」

本物のフィリーネなら、こう言うだろう。

プリシラは短い期間だが共に過ごしたフィリーネの言動をなぞり、この場をやり過ごそうとしていた。

神官の代表のような恰幅《かっぷく》の良い老人が一歩前に出た。

「それは申し訳ございません。我が神殿の知の結晶、大陸古代文字を大切にするあまり、姫君にはご無理を申し上げました。私は大神官、ス……」

「お前の名など結構。早く用件を言ってちょうだい」

居丈高《いたけだか》に遮《さえぎ》ると、大神官はムッとしたようだが話を続けた。

「私どもより、簡単な問題を出させていただきます。問題は我が神殿より、評価は中立である歴史学者の者に任せます」

「中立、ねえ」

ちらりと歴史学者と言われた人に目をやる。

服装は違うが、神官たちに立ち位置が近い。

神殿側が用意した人物ということが、その答えだろう。

プリシラの疑わしそうな視線に、大神官がまた口を開いた。

「先ほども申し上げました通り、大陸古代文字は神殿において知の結晶と位置付けております。その為、外部にいながら解読できる者にはこのような措置《そち》を取らせていただいていますす」

そんな話は聞いたことがない。

現に、プリシラの祖父だって知識を持っていたし、祖父の店で臨時雇いをしていた青年たちのうちにも自力で学んでいた人もいた。

プリシラは鼻で笑った。

「利権を守るのに必死ね」

「……何のことやら」

「いいわ、早くその問題とやらを見せてちょうだい」

何でもいいから、神殿からの挑戦ともいえる試験に合格すればいいのだ。

態度の悪いプリシラに、大神官は余裕の笑みを見せる。

苛立《いらだ》ちも焦《あせ》りもないのだ。何か、仕掛けがあるのだろうか。プリシラは身構えて自分の前に用紙がもたらされるのを待った。

大神官がその神官に声をかけた。

「マラカイ、姫の御前に立つことを許す」

「はい」

その名と、その声に聞き覚えがあった。

プリシラがぴくりと反応したことに、誰かが気付いただろうか。

必死に動揺を押し殺そうと、膝の上で手を握りしめる。

マラカイと呼ばれた青年が、プリシラの前に立つ。

「僭越《せんえつ》ながら、これは私が腕によりをかけて作った問題です。神殿の中でも古代大陸文字に精通していると認められ、本当に光栄です。この美しい文字を存分に楽しんで読み解けるよう、私の知識を存分に……」

「マラカイ」

大神官が呆れたように名を呼んで制止する。

マラカイは「ああ」と照れたように頭をかいた。

「文字の話を始めたら、つい止まらなくなってしまって」

そしてプリシラの顔を見て言った。

「あれ？」

プリシラはマラカイの姿を認めた瞬間、顔色が変わって引き攣《つ》っていた。

彼を知っていたからだ。

祖父の店で臨時雇いとなり、その圧倒的な知識と学習欲で祖父とも話が合い、後に神殿に上がった人物だった。

ただし、彼は言語や文字にしか興味がないので、人に対する関心などほとんどなかったし一般常識も覚束ない。礼儀もマナーもなっていない。

つまり、彼は「あれー？」と言いながら無遠慮にプリシラの顔を覗《のぞ》き込もうとした。

プリシラは傍に控えるルースに素早く言った。

「この者を遠ざけてちょうだい！」

「ハッ」

ルースがすぐにマラカイを確保して連れ去ろうとする。

その前にマラカイが慌てて言った。

「ちょっと待ってください！　一文追加で！」

そしてしがみつくように先ほどプリシラに手渡した書類を取って、何やら素早く書き足した。

ルースがマラカイを連行しながら、大神官に刺々《とげとげ》しく注意する。

「困りますな、このような礼儀も知らぬ者を王城に連れてくるとは。神殿の品位も分かろうというものだ」

マラカイの奇行とも言える言動に、場の雰囲気は一気に王城派、つまりプリシラとその背後に居るウィルフレッドが有利となった。

これに畳み掛けたいところだが、プリシラはマラカイの作った問題を見て渋い顔をした。どこが簡単な解読だ。

現代語をそのまま当てはめた単なる読み文字ではなく、古代の時代に使われていた単語を駆使した、難しすぎる問題だ。

プリシラがざっと見たところ、読み解ける単語は二つ三つしかない。

これを完全に解読出来るのは、歴史学者でもよほどの知識がある者だけだろう。

マラカイは変人だが、言語能力だけは誰よりも優れていたのだ。むしろ、言語能力だけを得る為に別のものを捨て去っていると言った方がいいかもしれない。

ともかく、取っ掛かりはマラカイが最後に足した一文になると言っていいだろう。

そこには、こう書いてあった。

『きみはだれ？』

いくらマラカイが変人でも、流石にプリシラのことは覚えていたのだろう。

そして、以前に見知っていたプリシラと同一人物かどうかを確かめようとした。

その確かめ方が普通ではないというか、こんな紙にその質問を書いてしまうのが迂闊《うかつ》すぎる。

プリシラは、本物のフィリーネ姫がこんなことを尋ねられた時にどうするか、それを想像して動くことにした。

マラカイの立場を著《いちじ》しく悪くすることは確実だが、これ以外にプリシラが助かる方法はない。

プリシラは決心するなり勢い良く立ち上がってマラカイを睨《にら》みつけた。

そして、声高に怒鳴りつけたのだ。

「無礼者！　わたくしに名乗らせるとは、礼儀を知らぬにも程がある！」

皆は驚いてプリシラを見つめ、そしてその視線の先のマラカイを見た。

マラカイは「あー」と後頭部に手をやり頭をかいて言った。

「まずかった、ですかね？」

「不敬である！　こんな場には居られないわ！」

「あー、すみませんでした。そんなに怒られるとは思わなくて……」

どこかのんびりしたマラカイの謝罪を背に、プリシラはさっさと退室した。

マラカイを除く神官は誰もが、凍りついたような表情をしてプリシラを止めない。

大神官がマラカイに怒鳴っている。

「どういうことだ！　マラカイ！」

廊下にまで響くその声に、プリシラはふふっと笑ってしまった。

同時に退室したルースが小さく言う。

「上手くいきましたね」

「ええ」

「王の名において、神殿に正式な抗議文を出しましょう。二度とこのような茶番はさせないようにしなければ」

気付けば、ルースが敬語になっている。

先ほどのプリシラの振る舞いは、彼を敬わせるに値したのだろう。

プリシラも、彼に合せてそれらしく振る舞った。

「そうなさい。もうこんな真似はごめんだわ」

ルースもくくっと笑い、二人の間には達成感があった。

そう、ウィルフレッドの期待に応え無事にやり遂げたのだ。

プリシラはこのことをウィルフレッドも喜んでくれて、褒められるまではいかなくても「よくやった」くらいは言われるのではないかと、思っていた。

だから夜、執務が終わったウィルフレッドがプリシラの部屋を訪ねてきても笑顔で迎えた。

だが、彼は強張った表情でお世辞にも機嫌が良いとは言えない様子だった。

プリシラの笑顔が引っ込んだ。

人払いをし、ウィルフレッドと二人になると尋問が始まった。

そう、それは質問ではなくプリシラを問い詰める為の取り調べだった。

「見知った男が神官の一人だったらしいな」

「はい。でも彼はわたくしの知り合いではなく、祖父の知り合いです」

彼は祖父の店でたまに臨時雇い人だったので、と説明するプリシラにウィルフレッドが冷たい声を出す。

「かなり親密な様子だったとか」

「それは違います。つい先ほどまで、彼が神官になったことさえ忘れていました」

「言え。そいつとどれほどの関わりがあって、どの程度の仲だったたか」

冷えた表情で見下ろされ、プリシラはぞっとした。

彼は、プリシラが神官と通じているのではないかと、それを疑っているのだ。

疑われている。

プリシラは立ち上がって言った。

「誤解です。わたくしは、マラカイとはもう何年も会っていないし、二人きりで話したこともありません！」

「何年とは具体的にどれくらい前か、最後に会った日時、会話など詳しく話せ」

「……わたくしを、疑っていらっしゃるんですね」

プリシラは侘《わび》しい気持ちでいっぱいになりながらそう言った。

それに対するウィルフレッドの返事はにべもない。

「神殿に繋がりのある者は、誰であれ詳細を尋ね裏を取る。それは当然だ」

それが他国であるアマルセンからの身代わり、偽物の姫となればさらに疑惑は膨らむのだろう。

プリシラは素直に取り調べに応じた。

必死に記憶をたどって説明する。マラカイと最後に会ったのは三年ほども前、彼がその言語能力と大陸古代文字の知識を買われ、神官になれると決まった時だ。

祖父にその報告をして、おめでとうとささやかなお祝いの宴をしたのだった。

その時だって、彼と祖父が延々と言語について語り合って、プリシラはあまり会話に入っていなかった。

彼が雇われていた時も、仕事中の無駄口は祖父が嫌うし、仕事が終わるとマラカイは自分の研究に忙しくすぐに帰っていた。

それを説明すると、ウィルフレッドは疑わしげに睨みながら言う。

「それでは、奴が神殿に行ってからは会っていないというのだな」

「はい」

「嘘を吐《つ》いても無駄だ。調べればすぐに分かる」

プリシラはカッとなった。

信じてもらえないということが、内心の怒りに繋がったのだ。

だが、プリシラが此処に居るという状態が既に彼を騙しているのだ。

信じてもらえないのは当然だろう。

プリシラは落ち着く為に一息つくと、ウィルフレッドに臣下の礼を取った。

「陛下。わたくしは、ブレナリの民です。貴方《あなた》さまを偉大なる王と、心底から思っています」

「…………」

ウィルフレッドは黙って聞いている。続けて良いと判断し、プリシラは口を開く。

「短い時間、お傍に置いて頂いただけで本当の臣下にして頂いたようで、心から誇りに思い感謝しております。誓って申し上げます。わたくしは二心なく陛下に御仕えしておりますし、これからもそのように仕えたいと存じます」

「……別にお前を臣下になどしたくない」

プリシラの忠誠心など要らないと、ウィルフレッドははっきりと言った。

プリシラ程度の働きをする者など、幾人も居るだろう。それはこのように疑わしい女ではなく、身元の明るい身分卑しからぬ男なのだろう。

プリシラは、ウィルフレッドに切り捨てられたショックと悲しみを堪え、頭を下げた。

「申し訳ございません。出過ぎたことを申しました」

「構わない。それより、質問の続きだ。お前の祖父の代筆屋は、いつからあった？」

「え……。祖父が今の店を構えたのは、二十年ほど前……、十八年前でしょうか。戦火から逃れた後、とは聞いています」

「その前はどうだ。それ以前にどんな事をしてどこに居たか、聞いたことはないか」

何か聞いたことがあっただろうか。過去の記憶を振り返りながら、プリシラは言った。

「祖父まで、疑っていらっしゃるのですか」

「疑問を挟まず質問に答えろ」

プリシラの瞳が、悲しみに染まった。

「覚えは、ありません……」

「今日会った、言語能力が卓越した神官と話が合うほどの人物なんだろう？　その知識から、一角《ひとかど》の人間だった筈だ。それ以前に、どこで何をしていた？」

プリシラが色々思い出そうとしても、祖父の言葉は思い出せなかった。祖父は、徹底的に過去に繋がる昔話をしていなかったのだ。

「何も、聞いていません」

「それでは、お前の母についてはどうだ？」

「お母さま……」

「戦火の中、お前を負ぶって逃げた母親なんだろう？」

ウィルフレッドはプリシラが話したことを覚えていたのだ。

「今の家に落ち着いた後、間もなく亡くなったとしか聞いていません」

「母の出自や、お前の父親についてはどうだ？」

プリシラは首を横に振った。

「子供の頃に、質問したことはありました。けれど、祖父の口は堅く何も教えてくれませんでした」

「母か父の、形見のような物は無いのか」

その問いに、記憶に煌《きら》めく宝石のペンダントが思い浮かびプリシラはハッとした。

その様子を見て、ウィルフレッドはプリシラが何も言わないうちに念を押した。

「あるんだな」

「形見かどうかは分からないんですが……祖父が、これは大切なものだと宝石のペンダントを大事にしまっているのを見たことがあります」

「どこの縁の物とは言っていなかったか？」

「はい、教えてもらっていません」

「そのペンダントはどこにある？」

プリシラはその質問に警戒心も露《あらわ》にウィルフレッドを見た。

彼はその疑惑の視線も平然と受け止めた。

プリシラは怯みながらも、質問を返した。

「……それを聞いてどうされるつもりですか」

「勿論、確認するだけだ」

「そんなに疑わしいのですか。わたくしの祖父や父母、出自までもが」

プリシラが強く反発したが、ウィルフレッドは変わらず冷たい声を出す。

「必要だから確かめる、それだけだ。早く言え」

「……祖父の部屋にありました。祖父に確かめるのが一番早いでしょう」

「それが、そうもいかないようだ」

「え……」

プリシラは、嫌な予感でぞくりとした。

ウィルフレッドの次の言葉を、寒気を覚えながら待つ。

すると、彼ははっきりとした声で告げた。

「お前の祖父は、失踪《しっそう》している」

「そん、な……」

「居所は誰にも告げず、代筆屋もそのままに居なくなったようだ。自ら去ったか、誰かに連れ去られたのかは不明だが」

プリシラは震えながら、涙を零しそうになるのを我慢して尋ねた。

「行先は、調べられないのですか？」

「今、調査中だ」

「いつから、行方が分からなくなったのでしょう」

その質問の答えに、プリシラは耳を疑った。

「お前が偽物だと分かった時に、すぐ代筆屋に人を向かわせた。だが既に居なかった」

ということは、プリシラがフィリーネ姫やベラと一緒に館に居た時か、初めてウィルフレッドに会った時には既に祖父は家に居なかったのだ。

「どうして……どうして、教えてくださらなかったのですか」

「それを聞いてどうする？　聞いたところで、お前が身代わりを勤めなければいけないのは変わりあるまい」


彼の言うことは正しい。腹が立つほどに正論だ。

でも、プリシラの心はそんなに割り切れるものではない。

我慢していた涙が、ぽろりと零れ落ちる。

反射的にか、ウィルフレッドがプリシラに手を伸ばし頬に触れようとした。

プリシラは顔を背け、それを避けて言った。

「触らないでください。そういう約束の筈です」

随分可愛げのない言葉だ。

ウィルフレッドも、腹が立っただろう。もうプリシラのことなど嫌になったに違いない。

でも、中途半端な情けをかけられても辛いだけだ。

顔を伏せたまま、じっとしていると暫《しば》し静寂《せいじゃく》が二人を包んだ。

その後すぐ、ウィルフレッドは踵《きびす》を返し、黙って出て行った。

寂《さび》しい。悲しい。

彼に疑われ、信じてもらえなかったことがこんなに辛いなんて。

一人になった部屋で、プリシラは静かに涙したのだった。

ルースはウィルフレッドの私室にまで入ることが許されている、数少ない腹心の臣下だった。

そのルースがウィルフレッドの様子を伺いに行くと、彼の主は荒れていた。

度数の高い酒を浴びるように飲みながら、まるで味わっていない。見るからに不機嫌な様子だ。ここまで内心を露にする王の姿は、なかなか珍しい。

今まで苦難に満ちた王の半生を共に過ごしたルースだが、彼はいつも先を見据《みす》え不可能を可能にする手法を考え実行していた。

なのに今は考えることさえ放棄したようだ。これではただのやけ酒を呷《あお》る普通の男ではないか。

そのイライラとした主君は、ルースを見ると良い発散の相手が見つかったとばかりに睨みつけた。

「アマルセンの動向は」

「それ、ついさっき聞いただろう。何かあれば報告する」

「プリシラの祖父の行方は」

「それも同じだ」

ウィルフレッドがこんなに急《せ》いて尋ねるのも今までに無かった。

物事には時流があり、それを掴んで来たるべき時に動く。それを誰より実行していたのがウィルフレッドだったのに。

彼はそれで、幼く力の無い王として即位してから、戦《いくさ》によって削られた国力を立て直すところまで漕《こ》ぎつけたのだ。

「では、プリシラと関わりのある神官について、何か分かったか」

ルースは、これだなと思ったが表情を変えなかった。

ウィルフレッド自身は否定するだろうし、絶対認めないだろうが、プリシラの周囲に男が居たというだけで彼は心揺さぶられるのだ。

自分だけが手を触れられる、外の世界から隔離《かくり》した無垢《むく》な女。彼女を囲っているのはウィルフレッドの欲望の為だけではなく、精神的な意味合いでの求めも含んでいると思っている。

最初はどうだったか分からないが、彼女を捕らえているのではなく、囚われているのはウィルフレッドの方だとルースは見ている。

勿論、そんなことは口に出さないが。主が余計に荒れて此方に牙を剝《む》いても困る、というのが本音だ。

ルースは慎重に答えた。

「言語の研究しかしていないような変人らしい。見るからにそういう感じの男だった」

「プリシラがそいつを気に入っているような素振りは？」

「無かった」

それ、さっきも何度も確認したよな。

ルースは賢明にもそうは言わなかった。

「本当だな？」

だがウィルフレッドは執拗《しつよう》に確認する。ルースは呆れを隠しながら質問し返した。

「プリシラはどう言っていた？」

「関わりが無いとは言っていた」

「じゃあそうなんだろ？」

「そうだったとしても否定するだろう」

信じられないのだ。猜疑心《さいぎしん》に捕らわれた、嫉妬《しっと》にかられた男のようだ。

だが、それは信じたいという心の裏返しだとも分かる。

ウィルフレッドは決定的とも言える、一番尋ねたかったであろうことを聞いた。

「フィリーネの行方は？」

勿論、本物のだ。

ルースは首を横に振った。

「足取りは摑めない」

「そうか……」

ウィルフレッドはホッとしているのかもしれない。

ルースは彼の気持ちを確かめるような質問をした。

「もし本物が現れた時、お前は身代わりの女をどうするつもりだ」

「勿論、そのまま城下に帰すわけにはいかない」

「囲うつもりか？　王妃そっくりの女を。露見するに決まっている」

「分かっている。だが手放すことも出来ない。始末なんて絶対に嫌だ」

ウィルフレッドの執着心に、ルースはふっと笑って言う。

「本物の姫と入れ替えない、とは言わないんだな」

するとウィルフレッドは暗い瞳をして黙り込んだ。

その可能性も、考えていたということだ。

ルースがしばらく黙っていると、ウィルフレッドは呟《つぶや》いた。

「勝算は低いが……、試してみたいことはある。未《いま》だ何の手駒《てごま》も揃《そろ》っていないが、賭《か》ける価値はあると思っている」

プリシラを手に入れる為に、何か動こうとしているのだ。

身代わりにも拘《かかわ》らず、あの娘をそんなに気に入っているのかとルースは嘆息した。

この主がこんなにも一人の女に入れ込んだのを見たのは初めてだ。

それも、本物の姫君なら良かったのに何の因果か身代わりの娘だ。勝算が低いどころではないだろう。

だが、それが王の望みならルースは従うのみだ。

「それで？　次に何をすればいい？」

「……ルース」

「御心のままに、我が君」

珍しく、人前でもないのに臣下として頭《こうべ》を垂れるルースに、ウィルフレッドはいつもの調子を取り戻し皮肉な笑みを浮かべて言った。

「それならば、思いきりこき使ってやろう」

「おい、あまり無茶は言うなよ」

ルースの軽口と励ましに、王の私室の固い空気はほんの少しだけ緩《ゆる》んだのだった。

第五章

　今日はウィルフレッドと共に神殿に出向くことになっている。しかしプリシラが部屋で待機していても、予定時間を過ぎても迎えが来なかった。

　ひょっとしたら、昨晩、頑《かたく》なな態度を取ってしまったからもう同じ馬車に乗るのも嫌なんだろうか。迎えをやるのも取りやめるほど、腹立たしいと思っているのだろうか。プリシラは不安で沈んでいく。

　それを見兼ねてか、同じく気を揉《も》んでいたラーラが申し出た。

「おかしいですわね。とっくに出掛ける時間だというのに。私、ちょっと見てきます」

「ええ、お願い……」

　ラーラが出て行った直後に、別の侍女と侍従らしい男が数人、プリシラの部屋に入って来た。

　今まで、ラーラとウィルフレッド以外の人は入室を許されていなかったのに……。

　プリシラの眉根が寄せられる。

男が慇懃《いんぎん》に申し出た。

「フィリーネさま、神殿に向かう準備が整いました。どうぞ此方《こちら》へ」

「……いつも世話を任せていた者とは違うようですが」

一応、男の顔にも見覚えはある。昨日、神官たちとのあの場に彼も居たのだ。

疑うようなプリシラに、男は恭《うやうや》しく頭を下げた。

「国王陛下宛てに急使があり、その応対の為そちらにかかりきりでございます。フィリーネさまにはひとまず、神殿に向かうようご指示があった次第です」

「……そう」

ウィルフレッドは急用が無ければ、自らこの部屋に向かうことだろう。だから、その指示は正しいと思えた。

それに、昨日の夜の光景が思い出される。

彼から差し出された手を拒否したのは自分だ。もう、ウィルフレッドは可愛《かわい》げも情も無い女に関わるのをやめたのかもしれない。

どちらにせよ、神殿に行けば会えるだろう。

プリシラは己の心に巣食《すく》う暗い気持ちを振り払うように立ち上がり、迎えに先導され神殿に馬車で向かった。

王城から神殿は馬車ですぐの距離だった。

車寄せから神殿の入口までには、参道を歩いた後階段を上がらなければいけない。

これはたとえ大神官や王でも、馬車から降りて徒歩でというのが決まりだ。

プリシラは車寄せに駐められた馬車から降り立った。そして、目の前で待ち構えていた人物に顔色が変わりそうになる。

神殿までの案内をする神官は、マラカイだった。昨日、プリシラの存在に気付き、フィリーネ姫に不躾《ぶしつけ》に質問をした礼儀知らずだ。

次は何を言われるだろうと、プリシラはひやりとする。

勿論《もちろん》、マラカイだけではなく他の神官や、大神官も居る。けれど、この場でマラカイに喋《しゃべ》らせるのは良くない気がした。

それとも、彼は既に大神官や他の神官に、プリシラという存在を告げてしまっただろうか。

そうだとしても、しらを切るしかない。

プリシラは演技ではなく不愉快《ふゆかい》げに口角を下げると、城から着いてきた侍従に命じた。

「早く先導なさい」

「ハッ」

神官たちとは話もしたくないという態度で歩き始めた。

だが、それに気付くマラカイではない。人の心の機微《きび》に疎《うと》いのだ。彼は卓越《たくえつ》した言語能力を得た代わりに、社交性を持ち合わせていない。

マラカイは平然とプリシラに話かけた。

「昨日はすいませんでした。でも、貴女《あなた》によく似た人を知っているんですよ」

プリシラはそれを無視して侍従に言い付けた。

「この無礼者を近付けないで」

「ハッ！」

だが、その方法は悪手だったかもしれない。

騎士に取り押さえられたマラカイは、大きな声で言ったのだ。

「本当なんです、プリシラっていう名前の娘で、代筆屋で。だから文字の知識も凄くて、古代文字についても博識で……」

「その者の声、聞きたくないわ。口を閉じさせなさい」

プリシラがそう指示したところで、皆が聞いてしまった。

大神官を始めとする神官たちは様子を窺《うかが》っている。それだけではない、侍従たち王城から来た者もだ。

少し調べたら、本物のフィリーネ姫はそれほど博学ではないと分かる筈《はず》だ。

もしかしたら、隣国に居た以前にフィリーネ姫と直接会ったことのある家臣だって居るかもしれない。

そういう情報を知っている人が、今のマラカイの言葉を聞くとどう思うか。

プリシラが身代わりとして此処《ここ》に居るのではないかと、すぐにでも疑惑が生じるだろう。

プリシラはこれからのことを考え、仕方なく立ち止まってマラカイの方を向いた。

視線に、苛立《いらだ》ちと怒りが混じる。

周囲の状況も顧《かえり》みずにこのように話しかけられ、マラカイに本当に腹が立っていたからだ。

プリシラは冷たい声を出した。

「お前に声をかけるなど不愉快極まりないけれど、二度と話しかけられたくないから言っておくわ。このわたくしを、別の名で呼びあまつさえ平民扱《あつか》いするなど、許されることではないのよ」

「フィリーネさま、この者に罰を与えますか？」

近習の問いかけに、プリシラは少し考えてから言った。

「ウィルフレッドさまに確認してからにしましょう」

「それでは、拘束《こうそく》いたします」

騎士がマラカイを引っ立てようとする。マラカイが情けない声を出した。

「そんな、本当にそっくりなのに！」

そこで、初めて大神官が抗議の為に口を開いた。

「お待ちください、何の権限があって神官を拘束出来るのですかな？　そもそも、この大神殿では国の権力などは通用しない。我ら神官の為の聖域だ」

侍従も負けてはいない。

「王族への不敬罪だ。神官だろうと、不敬は許されぬ」

「だかそちらの姫君はまだブレナリ国の王族ではない。本物であろうがなかろうが」

「お前も不敬罪で捕らえられたいのか？　たとえ大神官とあろうが陛下の婚約者、王妃も同然の方に言っていい言葉ではない」

にわかに、周囲が騒然となってきた。

騎士はマラカイを捕らえ、そして侍従が大神官と口論をしている。神殿から次々と人が出て来て、プリシラたちを取り囲む。

立ち竦《すく》むプリシラに、気の利く近習が先導した。

「フィリーネさま、先に神殿の中へ」

「ええ、そうね」

喧噪《けんそう》の中、神殿への階段を上がって行く。

だがそれは、結果的に更なるまずい手だった。

階段の半ば、踊り場まで来た時に黒い服に黒いマスクの一団が階段を駆け下りてきたのだ。

「なっ、何者……っ！　うわぁっ！」

誰何《すいか》した近習は、体当たりをされて階段から転がり落ちていく。

プリシラは青ざめて黒い一団を見つめる。動けない。視線を向けるしか出来ないのだ。

マスクの奥から、くぐもった声がした。

「フィリーネ姫だな」

「…………」

違う、と答えたら助かるのだろうか。けれど、そんなことを言えるわけがなかった。

無言でいるプリシラに、一団が剣を抜いた。

そして、プリシラにそれを向けて宣言する。

「お命、頂戴《ちょうだい》する！」

プリシラが動けず、何も出来ないでいると背後から音がした。

その音は、段々近付いてくる。馬の蹄《ひづめ》の音のようだ。

ちらり、とプリシラが背後を見ると黒く大きな軍馬が車寄せを越え、参道まで来ている。

あっと思う間もなく、軍馬は階段をも大きく飛んでプリシラの居る踊り場までたどり着く。そして、黒の一団たちに体当たりした。

「うわぁっ！」

文字通り、人を蹴散らした馬から、馬上の人が素早く飛び降りる。

それは黒の正装にマントをつけ、帯剣したウィルフレッドだった。彼の持っている剣は王族の証である宝刀で、金の鞘《さや》が光っている。

ウィルフレッドはプリシラを背に庇《かば》い、軍馬の攻撃を避けた黒の一団に迷いなく宝刀を向けた。鞘から引き抜いた剣を向けて言う。

「俺の妃に向けた殺意、その命で償《つぐな》え」

すぐさま敵が切りかかってくるが、ウィルフレッドはそれを捌《さば》いて切り捨てた。

「陛下！」

後から追いついてきたルースたち、近習や騎士がかけつけてくる。だが、まだ階段の下に居て届かない。

ウィルフレッドは落ち着いて敵をいなし、倒していくが多勢に無勢だ。

プリシラが祈るようにウィルフレッドの背を見つめていると、横から風を感じた。

「お前の国に、俺の父は殺されたんだ！」

プリシラの命を狙う刃が、右側から向かってくる。

動かなければ、そう思うが足が動かない。

プリシラが覚悟をして瞳を瞑《つぶ》った瞬間、護りの手が身体に回された。

ウィルフレッドの手がプリシラを摑《つか》み、抱きしめたのだ。

プリシラにはどうなったのか分からないが、命を狙っていた男は階段から転がり落ちていく。ウィルフレッドが足をひっかけて踊り場から落としたのだろう。

その直後、ルースや騎士たちがやっと着いた。

彼らが残党とも言える黒の一団を押さえ込み、捕らえていく。

「大丈夫か？」

ウィルフレッドがプリシラを抱きしめ、顔を覗《のぞ》き込みながら言った。

プリシラの瞳から、涙が溢《あふ》れ出した。ウィルフレッドが来てくれた。心配してくれている。その事実が、胸を熱くした。嫌われているわけではなかったのだろうか。

助けに来てくれて、嬉しい。その一言が言えずに、唇がわなないた。

「陛下……」

「全く、遅れると伝言しただろう！　何故《なぜ》先に一人で行くんだ！」

プリシラの無事を確認したからか、一転怒鳴られる。

プリシラは涙を零《こぼ》しながら謝った。

「ごめんなさい……」

「勝手な行動は、二度とするな」

「申し訳ございません、でも、聞いてなくて……先に行くように言われて……」

ウィルフレッドの目が、真偽を確かめるように眇《すが》められた。

「……その話、後でゆっくり聞かせてもらおう」

「はい」

騎士がウィルフレッドの傍に控《ひか》え、焦《あせ》ったような声をかける。

「陛下、お怪我は……」

「ああ、かすり傷だ」

プリシラが彼の視線を追ってみると、ウィルフレッドの右腕部分の服が破れ、出血している。

プリシラの顔が真っ青になった。

「へ、陛下、早く手当てを！」

プリシラが焦っているのに、ウィルフレッドは左手でプリシラの頬を撫《な》で、ふっと笑っている。

「心配しているのか？」

プリシラは彼の左手にそっと触れ、頬ずりしてしまった。

彼の温もりが、愛《いと》おしい。

心配、なんてそんな生易しい物ではなかった。ウィルフレッドの怪我に心が張り裂けそうだ。

「陛下、申し訳ございません。わたくしのせいで怪我を……早く、治療を。どこか、治療出来るところに参りましょう」

「ああ、城に引き揚げよう。お前も一緒にな」

彼はプリシラの腰に手を回し、抱き寄せながら一緒に階段を降りた。

馬車に乗る前に、応急手当として侍従がウィルフレッドの腕に血止めの布を巻きつける。傷はそれほど深くないとの話でプリシラはホッとした。

馬車の中で二人きりになっても、ウィルフレッドはプリシラを抱き寄せたままだった。

「もう二度と、一人で行動するな」

「はい、申し訳ございません」

彼の左手が、腰から背に這《は》い上がってきて、そして頬に触れられる。プリシラはまた、ウィルフレッドの手に擦り寄ってしまった。

彼がくくっと笑って揶揄《やゆ》する。

「今日は触れたからと言って怒らないのか」

「昨日のこと……、申し訳ございませんでした。感情的になってしまいました」

「構わない」

「今日も、謝罪して許されることではありませんが、わたくしのせいで陛下にお怪我をさせてしまったこと、本当に申し訳なく思っております」

「気にするな」

ウィルフレッドは、こんなにも簡単に自分を許してくれている。プリシラはまた涙がじわりと滲《にじ》むのを止められなかった。

そんなプリシラを見つめ、ウィルフレッドは優しく髪を撫でている。

止められないのは、涙だけでなく気持ちもだ。

プリシラはそれを今さらながらに自覚した。傷つけられて、尊敬が失望に変わって、その後は彼のことがまるで分からなくて。ウィルフレッドのことが怖かった。でも、共に過ごしているうちに、彼のことを知りたくて気になって。意地悪で強引なウィルフレッドと、優しく振る舞ってくれる彼はどちらが本物なのだろうかと考えていた。

恐らく、両方が本物。どちらかだけを欲しくて、どちらかは要らない、とは言えないのだろう。

馬車が王城に着き、ウィルフレッドは別室で治療されることになってプリシラは待機となった。

その間に、プリシラはじっと自分の気持ちを見つめていた。

昨日、プリシラはウィルフレッドを跳ね除け、彼が出て行った後悲しくて泣いてしまった。

彼はプリシラのことなど嫌っていただろうし、義務的に触れられるのも嫌だった。

何てことはない、プリシラはウィルフレッドのことが好きだから、彼の気持ちを引きたかったのだ。彼に憐《あわ》れみで触れられるのが惨《みじ》めだった。

ウィルフレッドにとってはただの身代わりの娘で、疑わしい存在なのに。疑われたことがとても辛くて、嫌な態度を取ってしまった。

それでも、ウィルフレッドは助けに来てくれた。庇ってくれた。

怪我までしたのに、気にするなと許してくれた。

プリシラは、今や完全に恋に落ちてしまっていた。

それは絶対に成就出来ない、身分違いの恋。

でも、身代わりになっている今の間だけ、ひと時の夢のような時間を過ごせるのだ。

疑われ、そして期限が来たら追い払われてしまうけれど、それまでは彼の傍《そば》に居られる。

今から思えば、ウィルフレッドの臣下になりたいと思ったのも、好意を持つのも畏《おそ》れ多く、ただ傍に控え役立つ存在になりたかったからかもしれない。

プリシラは自覚した気持ちに、どう折り合いをつけようかをじっと俯《うつむ》いて考えようとした。

その時、プリシラが控えていた部屋がノックされた。

ルースが入室を求める声がしたので、許可すると彼は一礼して言った。

「陛下が私室まで来るようにとおっしゃっています」

「お怪我はもうよろしいのですか？」

「はい。掠り傷ですが、一応安静にされています」

プリシラはホッとした。

初めて行くウィルフレッドの私室に、ルースに案内されながら向かう。

部屋に近付くにつれ、廊下は神官とウィルフレッドの家臣でごった返していた。驚くプリシラに、ルースが説明する。

「神官どもが祈りを捧げるから陛下に会わせろと、押しかけているんです」

ウィルフレッドが襲撃されたものの軽傷なのは神殿のお陰であると主張しているらしい。そして、祈りを捧げたら更に神のご加護があって、全ては神殿の神官の祝福のせいであると。

良いことがあれば神殿のお陰で、悪いことはウィルフレッドの不徳とするその主張にプリシラも呆《あき》れた。

衛兵によって固く閉ざされた扉は、プリシラとルースの為だけに開かれた。

前室はプリシラの部屋と同じで、書斎机と応接ソファ、本棚などが置かれている。プリシラの部屋よりは広く、本もたくさんだがそこには誰も居なかった。

奥の部屋がウィルフレッドの私室であり寝台も置かれているのだろう。

ルースがノックをし、入室が許可されると彼は扉を開いた。

そして、プリシラだけを寝室に送り込み、彼は扉を閉めて去ってしまったのだった。

寝室で二人きりだ。

プリシラは自覚したばかりの思いが胸に疼《うず》いたが、それより怪我のお見舞いだと寝台に近付いていった。

「陛下、ご無事でようございました」

「右腕はあまり動かせないがな」

寝台で枕を背に座っていたウィルフレッドに招かれ、プリシラは彼の脇に腰掛けた。

「痛みなどはございませんか？」

「実は、動かすと少し痛い」

「まあ……」

いくら軽くても怪我は怪我なのだ。

プリシラは眉根を寄せて、それでは安静にと言おうとした。しかし、ウィルフレッドの方が先に口を開いた。

「だから、以前よりはお前に動いてもらわなければいけない。プリシラ」

最後の、プリシラという名はほんの小さな声で、この場に居る二人だけにしか聞こえないほどのものだった。

それで、プリシラにはこの部屋の会話は大きな声だと誰かに聞こえてしまうのだと、理解出来た。

こくりと頷いて言う。

「はい、陛下。何でもお申しつけください」

「では、口付けを」

「……は？」

聞こえていないわけではないが、聞き返してしまった。

何を言っているのか、よく理解出来なかったからだ。

ウィルフレッドはにやにやとしていた。以前よく見た、あの意地の悪そうな笑みだ。

「お前は俺を心配しているのだろう？」

「え、ええ。それはもう」

「そして、何でも言うことを聞くと言った」

「それは。ですが」

「久しぶりに、口付けたい。俺からは触れないと約束したのだから、プリシラ。お前から口付けてくれ」

彼にキスを強請《ねだ》られている。

プリシラは顔に血がのぼり、頬が熱くなった。きっと、顔が赤くなっているだろう。

狼狽《うろた》えながら、抗議のようなことを言ってしまう。

「陛下、お怪我をなされているのに、そんなことを言っている場合ではございません」

「ここでお前と口論するつもりは無い。黙って言うことを聞け」

ぴしゃりと言われ、彼を見つめるとじっと視線を送られていた。その顔を見ると、プリシラの身体がカッと熱くなってきて、目を逸《そ》らし俯いてしまった。

俯いたが、ウィルフレッドが此方に視線を送り続けている気配は続いている。おそらく、彼の言う通りにするまで、許すつもりは無いだろう。

プリシラの心の声が、それくらいすべきだと唆《そその》かした。彼は己を守ってくれた上で怪我をしたのだし、以前は何度も口付けをした。

けれど、己から口付けたことは一度もなかった。そんな風にするのははしたないことなんじゃないだろうか。それに、恥ずかしい。顔だけでなく、身体まで熱くなってきた。

色々、躊躇《ちゅうちょ》する理由を考えて彼に命じられたから仕方なくするのだと思ったが、それは全て言い訳だ。

本当はプリシラが、彼に口付けたいからするのだ。

「……はい」

小さな声で同意し、プリシラは彼に顔を近付け、その薄い唇にそっと唇を押し当てた。

キス、してしまった。自分から。

ドキドキしながらウィルフレッドを見ると、彼はまだ意地悪げに笑っていた。

「そんな幼稚《ようち》な口付けで満足できるか。もっとだ」

「は、い……」

再び、彼に唇を押し当てる。今度は、いつも彼がしているように唇を開けて食《は》み、舌で下唇をぺろりと舐《な》めてみる。

すぐにウィルフレッドの舌がプリシラの舌を迎えにきた。お互いの舌先をくすぐるように擦り合わせたかと思うと、舌を絡め合わせぬるぬると愛撫《あいぶ》される。

咥内《こうない》を彼の舌が這《は》いまわると、プリシラはすぐに息が上がって甘えるような声を出してしまった。

「んっ……ぅ……」

ウィルフレッドの左手が、プリシラの背を撫でまわす。どうやら、口付けに夢中になっている間にドレスを脱がそうとしているようで背中の紐がゆるめられた。

さすがに、プリシラは口付けを止めて言った。

「いけません、陛下。お体に障《さわ》ります」

「今、俺の部屋に入ろうとしている者どもは俺の具合を気にかけている」

「はい、それはもう」

「俺が元気であり、そして王妃と円満であると分かりやすく訴《うった》える為には、何をしたらいいか分かるだろう?」

とんでもないこじつけだ。

「安静にされた方が、よろしいのでは。あっ、陛下……っ」

背中の紐《ひも》は解かれたらしく、今度は前みごろをぐいと引っ張られる。

プリシラの形のよい胸がぽろりと零《こぼ》れ出て、羞恥で両手を前で覆った。

「プリシラ、俺の痛む右手を使わせるつもりか？」

「そんな……」

もうこういうことはしないと、彼が言ったのに。

でも、触れられても嫌がっていないのは自分だ。こういう気持ちがバレてしまっていて、それでウィルフレッドは触れてくるのかもしれない。

どうしよう、と考えているうちに左手と口を使ったウィルフレッドは、コルセットの紐まで解いてしまった。

「陛下っ」

「二人きりの時はどう呼ぶように言った？」

「……ウィル」

「そうだ」

にやっと笑うウィルフレッドに、プリシラは胸がときめいてしまった。

それと同時に、こんなに彼に惹かれてしまって、以前のようにまた手酷く扱われてしまったらもっと心が傷つくのではないか、と脅《おび》えの気持ちも生まれる。彼が気まぐれで優しくしてくれるのと同様に、残酷な振る舞いをするかもしれないのだ。それは、ウィルフレッドを無意識のうちに怒らせるような態度をしてしまうプリシラのせいかもしれないし、そもそも彼を騙《だま》す為に城に来たのに、自分のことばかり考えて他の人のことは何も思っていなかった。

頭の中であれこれと考えてから、それでは何も変わらないと思い直す。初めて、人にこんなに惹《ひ》かれてしまったのだ。感情の赴《おもむ》くままに行動してみたい。

臆病な気持ちを置いて、彼の望むままに振る舞ってみたいと、プリシラはそう決心した。

キスの続きをねだるウィルフレッドに、プリシラはまた口付けて舌を絡め合わせた。

ウィルフレッドの悪戯《いたずら》な左手は、プリシラの胸をやわやわと揉んで親指で乳頭を擦っている。すぐにプリシラの胸の先端がぷっくり膨れて勃ち上がってしまった。

「あっ、ん……」

「プリシラ、俺の上に跨《また》がるんだ」

欲望に掠《かす》れた声で、ウィルフレッドが命令する。

恥ずかしい。こんなにはしたないことをしても良いのだろうかと、今までの己なら絶対しになかった行為に躊躇してしまう。

けれど、彼に促すようにキスされ見つめられると抗《あらが》えなかった。

結局は靴を脱いでベッドに上がった。胸を隠すように庇いながら、座った状態のウィルフレッドの上に跨った。

ドレスは着崩れた状態で、胸も肩も露出していてお腹周りにコルセットがだぶついている。こんなみっともない恰好《かっこう》を彼に晒《さら》してしまって、羞恥で顔を上げられない。

ウィルフレッドは動かせる左手でプリシラの背中を抱き寄せると、唇に軽くちゅ、とキスをして囁《ささや》いた。

「久しぶりにお前と触れ合える。自ら言い出したこととは言え、辛かった」

もうその約束は反故《ほご》にされるのですか、とは言えなかった。言いたくもなかった。

プリシラ自身が触れられたかったからだ。

囁いたままにウィルフレッドが耳をねっとりと舐めたので、プリシラは反論の代わりに快楽の鳴き声を上げた。

「あんっ」

「お前が嫌がらないなら、遠慮なく触れさせてもらう」

「あっ、あのっ、重くは、ございませんか？」

ウィルフレッドの足の上に座っているので、彼の負担が気になってプリシラは尋ねた。ただでさえ怪我をしているのだ。

すると、ウィルフレッドはニヤリとして言った。

「では、膝立ちになってもらおうか」

「は、はい……」

ウィルフレッドが伸ばした足を跨《また》いで、その脇に膝をついて腰を持ち上げる。

後ろにぐらつきそうになって、ウィルフレッドの左手が腰を支えた。

「両手を俺の肩に置け」

「は、い……」

従順なプリシラに、ウィルフレッドの笑みは益々《ますます》深くなる。

「それでは、遠慮なく」

そう言うと、彼は眼前に差し出された形になるプリシラの胸に舌を這わせた。

「あっ！　あ……」

乳輪をなぞるように、ねっとりと胸の先端の周囲を舐めていく。もう片方の胸は、腰から移動させた左手でやわやわと揉まれていた。

反射的にプリシラが腰を引くと、ウィルフレッドの楽しそうな声がした。

「俺の身体に負担をかけるつもりか？　片手しか使えない今、そのように動かれると身体が痛む」

「っ……申し訳、ございません……」

「そうだ。肩に手を置いたままでいろ」

ウィルフレッドの顔の前で胸を見せつける羞恥に、プリシラは涙目になった。

彼はそんなプリシラをやはり愉快そうに見ると、口を開く。

「お前はやはり、可愛いな」

「っ！」

突然の、ウィルフレッドの睦言にプリシラは狼狽え真っ赤になった。

そんなプリシラを眺め、くくっと喉の奥で笑いながら彼は言うのだ。

「お前の泣きそうな顔は可愛い。泣いている顔は興奮する」

「そんな、ウィル……っ」

胸の先端を舌先で舐め上げた。ぴんっとした刺激に、プリシラの身体はびくっと動く。

何度も乳頭を舐められ、其処《そこ》は濡れて朱《あか》く色付いた。十分に固くしこった後、ウィルフレッドはそこを唇で含みちゅうっと吸った。

もう片方の胸は、指で摘《つま》まれ刺激されている。

「あっ、あぁっ……」

胸を弄《いじ》られているのに、下腹部にじわじわと熱がこもっていた。とろりと蜜が漏れ、下着が濡れたのを自覚してプリシラは足をもじもじと動かした。

プリシラに長くもどかしい時間を与えたウィルフレッドが、ようやく胸から唇を離し言った。

「やはり、片手ではなかなか難しいものだな」

そう言って、先ほどとは反対の胸に口付けを始める。

左手ではもう片方の胸に触れられないので、ウィルフレッドの指はプリシラの背中に向かった。

胸の下側の柔らかな部分を思いきり吸われ、軽い痛みを覚えた。ウィルフレッドはそこにも舌を這わせた後、また先端の周囲をゆっくりと舐めていく。早く、乳頭にあの刺激が欲しくてプリシラの腰は揺れた。

それを宥《なだ》めるように、ウィルフレッドの指が背中を撫で上げる。

「あぁっ……」

背中をなぞられ、首筋を指先が戯《たわむ》れるだけで全身をおぞ気が走った。

首筋を軽く愛撫された後、ウィルフレッドの悪戯な指はまた背をたどって、今度は腰まで降りて行く。ドレスごしでもヒップを撫でまわされ、プリシラの身体は震《ふる》えた。

ウィルフレッドの指はヒップより下がって、太ももの裏をなぞっていく。その指先は、今度はドレスの裾《すそ》に潜《もぐ》り込んだ。

「お前に触れられなかった期間は、辛かった」

「っ、それは、ウィルが、わたくしに辛く当たるから……っ」

プリシラの抗議に、彼はこともなげに言った。

「お前が俺のことを何とも思っていないからだ。少し苛《いじ》めてやろうと思ったら、泣き顔が可愛くて力が入りすぎてしまった」

「な、何を……」

何を言っているのだろうこの人は、とプリシラが目を見開くと彼はとろりとした欲望を込めた瞳で見つめていた。

「お前が可愛いから、苛めすぎてしまった。本意ではない」

そんな言葉で許せるはずがない。あの時は本当に思い詰め、辛い思いをしたのだ。

そう心で思っているはずなのに、プリシラの身体は蕩《とろ》けていく。過去のことを詰《なじ》りたいという気持ちより、彼に惹かれ抱きしめられたいという気持ちの方が強かった。

彼の肩に置く手に力が入った。頬も紅潮し、ウィルフレッドから離れられない。もっと触れ合いたい。抱き合いたい。彼と熱を分け合いたい……。

プリシラの膝裏から、裏腿に直接指が触れていく。ウィルフレッドの手の平が、プリシラのヒップを撫でた。彼の手に神経を集中していたプリシラは、突然乳頭をぱくりと咥《くわ》えられ、舌先で転がされ予期せぬ快感に嬌声《きょうせい》をあげた。

「ひゃぁんっ」

胸の先端を吸われ、甘く噛まれる。

同時に、ウィルフレッドの指先はお尻の方から蜜口《みつくち》へと下着の上からなぞっていく。

「はぁっ、はっ……」

太ももを閉じたくても、ウィルフレッドの足を跨いで膝立ちでいるので閉じられない。もう彼はプリシラのそこがびしょびしょだと気付いているだろう。濡れた下着越しに触れられると、ぐちゅっといやらしい水音がしている。

プリシラは恥ずかしくて、もうウィルフレッドの顔を見られない。

だが、ウィルフレッドは更なる命令を下した。

「ドレスをたくし上げて持て」

「っ……」

「手が痛くて、思うように動けないんだ。協力しろ」

出来るか？　そう尋ねられるとプリシラは首を横に振れなかった。

促《うなが》すように、彼の肩に置いた手の甲に軽く頬を当てられる。

プリシラはそろそろとドレスを持つと、ゆっくりとたくし上げた。それでも、やはり恥ずかしくて太ももの辺りまで露出させると、手が止まってしまう。

ウィルフレッドは情欲をふんだんに込めた視線で見つめながら命じる。

「もっとだ」

「は、い……ウィル……」

プリシラは腰の上までドレスをたくし上げた。

彼の視線が、プリシラの濡れそぼった下着をじっと見つめる。

そうかと思えば、視線が上がってきて胸に移動した。濡れた乳首が色づいてぴんと勃っている。

視線はさらに上がり、最後にプリシラの顔を見つめている。

恥ずかしくて、プリシラは瞳を逸らした。

「俺を見ろ」

そう言われて、のろのろと視線を合わせる。

やはり、ウィルフレッドの緑の瞳が濃く輝き、欲望が込められている。プリシラの蜜が、触れられてもいないのに更にとろりと溢れた。

ウィルフレッドが左手をプリシラの足の間に伸ばす。下着の上から、襞に沿ってなぞられる。蜜口から、ゆっくりと上がっていって一番敏感な尖《とが》りまで。

彼の利き手ではない左だからか、いつもよりも力が弱く、触れるか触れないかのもどかしさにプリシラの腰が勝手に揺れてしまった。

「あっ……いやぁ……」

「いやらしいな、こんなにお漏らしをして。誰に触られてもこうなるのか？」

「ち、違います……っ」

「では、どうしてこうなっている？　下着がぐっしょり濡れて、腿にまで垂れている」

今まで、こんな風に言葉で嬲《なぶ》られたらプリシラは悲しくて悔しくて、涙を零しながら謝っていた。

でも、今は違う。

プリシラは恥ずかしいけれど、口を開いて言った。

「ウィル、だから……ウィルに触られると、こうなるの……」

ウィルフレッドは、それを聞くとくくっと喉の奥で笑って言った。

「お前は、俺を自惚《うぬぼ》れさせる」

そう言うと、プリシラの下着のクロッチ部分を横にずらし、女の部分を露出させてしまった。

ぴったりと閉じた襞《ひだ》を中指と人差し指でVの字にして割り開く。プリシラからは見えないが、たらりと蜜が糸を引いてウィルフレッドの目を楽しませた。

また目で犯されている。

プリシラはそう感じて涙目になった。

「いや、見ないで……」

「嫌がるな。聞いている者が、俺たちが不仲だと誤解するだろう」

「っ……、不仲だなんて。わたくしは、本当にウィルのことを尊敬しています」

「尊敬は要らぬと言っただろう」

冷たく拒絶されたが、プリシラは首を横に振った。

「でも、他人を思うのに重要なことです……」

「今はその話はいい。ただ俺の名を呼び、嫌がらず、良いと言うんだ」

「は、い……っ、あぁぁっ！」

ウィルフレッドは指で割れ目をなぞり、既に濡れそぼっていた敏感な突起を撫でた。

弱い力で、円を描くように触れられるとプリシラはまた腰を揺らしそうになってしまう。はしたない声をあげたくなくて、歯を噛みしめて耐えた。

「黙るな」

「は、い……っ、ウィル……っ」

濡れた突起はすでに興奮して固くしこっていた。それをぬるぬるとゆっくり、弱く撫でまわされプリシラは危うく「もっと」と強請りそうになる。

それを避ける為に、すすり泣きながら彼の名を呼ぶ。それでも、腰がひとりでに動くのは止められなかった。

やわやわと突起を弄っていた指が蜜口に移動し、つぷりと中に挿入された。

浅い所をゆっくりかき混ぜるだけで、刺激の足りないプリシラはやはり腰を揺らしてしまう。

そんな淫靡《いんび》な身体を見てウィルフレッドはふふっと笑った。

「中がひくひくして、俺の手を奥まで取り込もうとしている。いやらしい身体だな」

「ウィルだから……っ、ウィルに、触れられたらこうなるの……」

ウィルフレッドは熱い吐息混じりの声を出した。

「あまり煽るな。今すぐ突っ込みたくなる」

「あっ、あんっ、あぁ……っ」

中をかき混ぜる指が増え、水音が大きくなった。

ウィルフレッドの器用な指先は、プリシラの中の良いところを容易く捉えた。其処を重点的に擦るように指の腹で嬲る。

「あぁぁっ！　そこっ……！　あーっ！　ウィル……！」

感じすぎておかしくなるから、やめてほしい。

そう思ったが、否定的な言葉は禁じられている。

ウィルフレッドの言い付け通り、言葉を選び、彼の名を呼び、ドレスをたくし上げたまま感じるプリシラに彼は満足そうな笑みを浮かべている。

「ああ……本当にお前は可愛い」

「ウィル……っ、も……っ、きちゃう……っ！」

絶頂が近い。プリシラの中はウィルフレッドの指を貪欲に咥え込み、締めつけながら達しようとしていた。

しかし、ウィルフレッドは指を引き抜いてしまった。

「んっ……」

引き抜かれる感覚でさえ感じてしまう。

彼の指がびしょ濡れで手首までプリシラの蜜が垂れているのを見て、目を伏せた。

彼は笑いながら言う。

「手が不自由なんだ。下衣を寛《くつろ》げてくれ」

片腕しか動かせない上、その左手もいやらしい液で濡れそぼっていては服に触れられるわけがない。

プリシラは言われた通りに彼の下衣のボタンをはずし、ずり下げた。既に猛《たけ》っていたウィルフレッドの雄が現れる。

「この上に跨って、お前の中に挿《い》れるんだ」

プリシラがそっと手を伸ばしウィルフレッド自身に触れると彼はぴくりと動いた。

今まで、これを挿れられて散々苛められたが、自ら手で触ったことはなかった。

プリシラは好奇心から尋ねた。

「触れられると、どう感じますか」

「心地よいが、もどかしいな」

さっき、プリシラが秘所を触れられた時もそう感じたのだった。そう思い当たったプリシラは、彼にされたように弱い力で指先をなぞらせ肉棒に触れた。

側面はベルベットのような手触りだが、先端から何かが分泌《ぶんぴつ》され濡れている。

男の物も濡れると知らなかったプリシラは、まじまじと見つめながら先端を指先で撫ぜた。

「くっ……これ以上焦らすと、後が酷いぞ」

ウィルフレッドの顔から色気が滲み出ている。

そして、睨《にら》む瞳には欲情と脅《おど》しが含まれている。きっと、彼の言葉は本当のことで、このままだと酷くされてしまうだろう。

プリシラは宥めるようにウィルフレッドの額に口付けると、挿入の為に腰を浮かせた。

ウィルフレッドが左手で雄を持ち、プリシラの蜜口にあてがう。

プリシラは下着を履いたまま、横にずらした姿でウィルフレッド自身を飲み込んでいった。

「んっ、ぅ……」

「きついか？」

「少し……、でも大丈夫……っ」

何度か腰を浮かしては下ろし、少しずつ挿入していく。

一番太くてキツいところを通過すると、後は楽に入っていった。

しかも、気持ちが良い。感じる箇所をごりっと掠《かす》められ、プリシラは背をしならせながら奥まで挿れた。

「あっ、あぁっ……！」

挿れただけで、もう達しそうになっている。それに、身体が気持ち良いだけでない。心も満たされるのだ。彼と一つになっていることが嬉しい。これは、今までにない感情だった。

昂《たかぶ》って、すぐにでも絶頂に駆け上がってしまいそうで、プリシラは少し落ち着こうと息を吐いた。しかし、ウィルフレッドが腰を抱き寄せて抱擁《ほうよう》してくる。また、プリシラの心がドキリと跳ね上がった。

それに、抱き寄せられると彼の雄が中に当たる角度が変わってしまった。密着することでプリシラの一番敏感な尖りが押しつけられて擦れる。胸の先端も、彼のブラウスに触れて感じてしまう。

「あっ、あーっ！　やっ、イく……っ！　あーーっ！」

プリシラは腰を振って身体を擦りつけながら、あっという間に達してしまった。

がくがくと腰を揺らし、身体を硬直させた後ウィルフレッドにくったりともたれた。

「勝手に先にイくとは、許せんな」

からかうような言葉に、プリシラの中がぴくりと動いた。

「も、申し訳、ございません……」

「また先ほどのように裾を持ち上げて見せろ」

「っ……」

プリシラが、羞恥を堪《こら》えて彼の言う通りにするとウィルフレッドは目を細めた。

「美味そうに咥えているな」

「や……っ、見ないで……」

「もっと見せつけるように動いてみろ」

そう言いながら、ウィルフレッドはプリシラのヒップを抱いて、下から突き上げた。

「あっ、あっ、あっ……！」

プリシラも応えるように、なんとか腰を浮かせては下ろす。

拙《つたな》い騎乗位だが、ウィルフレッドを追い上げているようだ。

プリシラも、中を擦られる度にびりびりとした快感が走る。さっき達したばかりの身体は感じやすくてよだれが口から溢れてしまいそうだった。

プリシラの腰が下手ながらも動いているのを見て、ウィルフレッドの手は結合部へと移動した。

そして、プリシラの敏感な突起を予告なしに摘んで扱《しご》いた。

「きゃうっ！　ふぁっ、あーっ！」

「くっ……締めつけが、キツすぎる」

陰核《いんかく》を弄られ、下から突き上げられ中を擦られると、プリシラはまた呆気《あっけ》なく達してしまった。

プリシラの肉壁が複雑な収縮を繰り返し、ウィルフレッドの雄を取り込もうと纏わりついて扱いた。

ウィルフレッドはプリシラの腰を両手で抱いて思いきり突き上げた。肉棒を半分引き抜くほどにプリシラを上に持ち上げてから、落として着くのを繰り返す。

「あーーっ！　うぁっ、あーーっ！　ウィルぅ……っ！」

「くうっ……！　出すぞ……っ！」

最奥《さいおう》までぐりぐりと押しつけられた後、ウィルフレッドの欲望がどくどくと注がれる。

片腕が不自由なウィルフレッドの上に乗るという、難しいことを言われたけれど、ちゃんと出来て良かった。

プリシラはホッとして息を整えようとした。

とりあえず、中のウィルフレッド自身を引き抜いて彼の身を清めねばならないだろう。

プリシラは腰を浮かせようとした。

すると、ウィルフレッドはプリシラの肩を押して倒してしまった。

ベッドに背をつけたプリシラに、ウィルフレッドが挿入したまま圧し掛かってくる。

プリシラの両足は、彼の両手によって大きく開かれていた。

そういえば、先ほども両手でプリシラの腰を抱いていた。

「あ、あのっ、陛下……っ」

「呼び方」

ぐちゅっと突き上げられ、プリシラは一声啼《な》かされてから「どうした?」と尋ねられる。

ウィルフレッドの顔からはやはり、壮絶な色気が滲み出ていて、目線も声も甘いような気がする。

「っ、ウィル、腕は……」

「掠り傷だ。もう痛みはない」

「そんな……っ」

先ほどまで、自分がやっていたことが徒労に終わったようでプリシラは愕然《がくぜん》とする。

だが、ウィルフレッドは甘い視線をプリシラに注いで艶然《えんぜん》と微笑んだ。

「それより、一度ではまるで納まらない。長らくお預けを食らわされていたからな」

「そ、それはっ！　へい……っ、ウィルが！」

「今日はゆっくり付き合ってもらおう」

そう言うと、ウィルフレッドはねっとりと腰を動かし始めた。

王の私室から、しばらく甘い鳴き声がやむことはなかった。

第六章

神殿での襲撃事件はあったものの、ウィルフレッドとフィリーネ姫の挙式準備は順調だった。

だが、それに伴《ともな》ってプリシラは己の心が定まらず、憂鬱《ゆううつ》な気持ちになっていると自覚していた。

原因は分かっている。ウィルフレッドへの過ぎた思いだ。

挙式の前に、本物のフィリーネ姫が現れたら入れ替わらなければいけないのは分かっている。ウィルフレッドや彼の腹心たちは事情を知っているので、協力してくれるだろう。

それに、早くここから出て祖父と暮らしたいという気持ちもある。

祖父の行方はまだ分からなかったが、ウィルフレッドの予測ではアマルセン王国絡みだと言う。きっと、フィリーネ姫が戻ってきてプリシラと入れ替わりになれば、祖父も戻ってきてまた同じ場所で暮らせるだろう。

プリシラが代筆屋として以前と同じ暮らしをすれば、全ては元通りになる。

それが分かっているのに、プリシラの心は落ち着かない。

ウィルフレッドの傍に居たいからだ。彼から離れたくない、彼と共に在《あ》りたい、今と同じように過ごしたい……。

そんなこと、不可能に決まっているのに。

ウィルフレッドを心から尊敬していた気持ちは、今やどうしようもなく惹《ひ》かれる恋心へと変化していた。

ウィルフレッドは最近ますます優しくなって、気遣ってくれている。意地悪《いじわる》も言われるけど、優しく抱いてくれる。

彼は一体、どういうつもりなんだろう。彼の本当の気持ちは、何処《どこ》にあるのだろう。

入れ替わり役の娘が、機嫌を損ねたり体調を崩さないよう、親切に振る舞っているのだろうか。馬鹿な娘は、それを真に受けてすっかり陛下の虜《とりこ》になってしまった。

もう挙式は明日だというのに、まだ未練がましく彼の隣にまとわりついてしまう。

この席は、本当はフィリーネ姫の為のものなのに。


「フィリーネ」

今日は挙式の前夜祭ともいえる夜会が王家主催で開かれていた。

ウィルフレッドとフィリーネの、独身最後のパーティというわけだ。

ウィルフレッドの夜会服姿は、見た女性が全て頰を染め感嘆するくらい素敵だった。

プリシラも、勿論《もちろん》その一人だ。

だが今は、プリシラは彼の隣でその視線を独占する権利を持つ。呼びかけられて、プリシラは微笑んで言った。

「はい、陛下」

「人が多く、熱気もすごいだろう。体調は大丈夫か？　フィリーネ」

たとえそれが、別人の名前を呼ばれ身代わりの姫君になっている間だけだとしても。

プリシラは、今ここで時を止めてほしいと思うほど幸福だった。

「ええ、大丈夫ですわ陛下」

「では、踊ろう」

ファーストダンスは、王とその婚約者だ。

プリシラは手を取られ、にっこりとしながらダンスフロアに降り立った。

ゆるやかなテンポのワルツが演奏されそれに合わせて二人は踊り出す。最初の動きを間違えずに踏み込め、流れで踊り出せたことにプリシラはホッと息を吐いた。

頭の上で、ウィルフレッドがくすりと笑う。

プリシラが得意ではないダンスを心配していたこと、そして踊り出して一安心したことを何も言わずともウィルフレッドは理解しているのだ。

黙ったままでも、互いの感情を読み合えるくらいには二人は打ち解けている。笑われて、拗《す》ねたような顔をしてしまうプリシラにウィルフレッドは囁《ささや》いた。

「言っただろう、心配せずともうまくいくと」

「まだ終わってないから分かりませんわよ」

プリシラがそう言うと、ウィルフレッドがまた笑う。

「心配性だな、フィリーネは」

大勢の人が集まり、ウィルフレッドに注目しているのだ。たとえ声が聞こえなくとも、唇の形を読む者もいるだろう。だからウィルフレッドはプリシラの名を絶対に呼ばない。

プリシラはそれを当然のように受け入れ、フィリーネ姫の如《ごと》く振る舞う。

すなわち、ツンとして顔を逸《そ》らして言い放った。

「ダンスに集中してちょうだい」

「これは失礼いたしました、姫君」

ウィルフレッドはそう言うと、わざとステップを大きく踏んでプリシラの手を繋いだまま振りまわす。くるりと回転させられ、ウィルフレッドの胸に戻ってきたプリシラは息が止まりそうだった。

「も、もう！」

ウィルフレッドが楽しそうに笑っている。

プリシラのドレスが足元でふんわりと揺れる。ウィルフレッドが、フィリーネ姫の為に用意したグリーンのドレスだ。彼の瞳の色をしたドレスを着て、彼と共に踊る。

プリシラは嬉しそうに笑いながら、今が人生の絶頂に居るのだろうなと心の片隅では冷静に思っていた。己の立場では一生見ることも出来なかったような宝石を身に着け、メイクで別人のようになり、髪を結い上げ華やかな様相《ようそう》になっている。それも全て、今日で終わりだ。

ワルツの曲が終わった。

プリシラはそれほどダンスが得意ではないので、初めの一曲を基本のワルツにし、それ以降は踊らないように計画されていた。

勿論、ウィルフレッドも織り込み済みだ。

これが、最後のダンス。そう思うと切ないが、それよりもやり遂げられたことを安心すべきだろう。

プリシラは感謝の視線をウィルフレッドに送る。

彼もそれを分かって受け止め、笑みで応える。

プリシラは心をダンスフロアに残しながらも、来た時と同じように手を取り合って去って行く。

此処《ここ》からは、二人別々の時間だ。

ウィルフレッドは有力な貴族や重臣たちと話をし、プリシラはその妻や娘たちとの会話をこなさなければいけない。

「ごきげんよう、フィリーネさま」

「ごきげんよう、ノアランデ侯爵夫人」

「いよいよ、明日がお式ですわね」

何とか、有力な貴族の顔と名前は一致させていたので答える。

もし、誰か分からない場合は無理に話を合わせようとせず、流していいと言われていた。

大体は明日の挙式のこと、それにウィルフレッドの話を振られ、当たり障《さわ》りのない答えを返す。たまにアマルセンのことを聞かれたが、それも適当に返事をするか別の会話を始めるかで逃れた。

社交が苦手なプリシラには、ひやひやする時間である。

ふっと、視線を感じて横を向くとウィルフレッドが見ていた。

見守ってくれている。そう思うと、勇気が出た。

プリシラは背筋をぴんと伸ばし、色々な人と会話をしながら歩き回った。

さすがに疲れたと、飲み物を飲みながら少し壁を背に休憩する。すると、プリシラと同じ年頃か、少し若い令嬢たちが現れた。

「ごきげんよう、フィリーネさま。わたくしたちと、少しお話しをしませんこと？」

良くない雰囲気だ、そう直感した。

令嬢たちは四人だった。そのうちの一人は、神殿と太いパイプを持つ伯爵家の娘だと思う。プリシラの拙《つたな》い知識の中でも、要注意人物だと記憶している。

それに、彼女たちには悪意がある。綺麗《きれい》なドレスを着てめかし込んで、笑顔で話しかけられても、内面のどろどろしたものは目で感じられるのだ。

「いいえ」

「……何ですって？」

一気に険のある表情をした令嬢たちに、プリシラはきっぱり断った。

普段のプリシラの言動なら無理でも、フィリーネの真似をすれば容易い。

「お断りするわ。このわたくしが貴女方に話すことなんてないもの」

すると、令嬢の一人がプリシラの持っていたグラスを摑《つか》もうとした。反射的に、プリシラが手を引く。揉《も》み合いになり、令嬢の手がグラスを傾けてしまった。グラスの中身が零《こぼ》れ出る。

プリシラのドレスにそれはかかり、ぐっしょりと濡れてしまった。ウィルフレッドが贈ってくれた、緑のドレスにオレンジ色の染みがべたりと付いている。

プリシラの表情が強張《こわば》った。

令嬢たちがそれを見てクスクスと笑う。人の優位に立つことに聡《さと》い彼女たちは、すぐに高慢《こうまん》なフィリーネを叩きのめす道筋を見つけたのだ。

「まあ、大変！」

「すぐに汚れを落とさなければ」

「さあ行きましょう、このようなドレスで此処に居てはいけないわ」

四人に取り囲まれ、引っ張られ押されるとプリシラの力では抵抗出来なかった。

プリシラも、夜会の会場で騒ぐのは本意でない。扉を出て、廊下を小突《こづ》かれながら歩く。

しかし、せめてもの矜持《きょうじ》として、会場から少し離れたところから決然と言った。

「放しなさい」

令嬢たちは口々に笑顔で台詞を放った。

「まあまあ、そんなことおっしゃらないで」

「このようなドレスではみっともないわ」

プリシラはきっぱりと言った。

「放しなさい、と言っているわ。お下がりなさい！」

声が震えるのは、怒りのせいだ。いくら何でも、彼女たちを許せないと強く思う。

「……何よ、えらそうに！」

令嬢の一人が苛立《いらだ》った口調で言うと、後ろから思いきりプリシラを突き飛ばした。がくんと前のめりになったところを更に引き倒され、プリシラは廊下に膝《ひざ》と手をつく。

屈辱《くつじょく》に耐えるプリシラを、令嬢たちが嘲笑《あざわら》っていた。

「いい気味ですこと」

「思い上がっているからですわ。アマルセン如きの王族が陛下を誑《たぶら》かし良い気になって」

本物のフィリーネなら、ドレスを汚され廊下で膝をつかされるなんて屈辱には甘んじないだろう。

一体、どうすれば良かったんだろう。

這《は》いつくばるプリシラに、令嬢たちが髪をひっぱり小突く。もうプリシラでは対応しきれない。どうすれば……。

「やめろ！　彼女に触れるな！」

怒りの声が廊下に響いた。

その声はプリシラの背後から聞こえたが、姿を見ずともすぐに誰が言ったか分かった。

「陛下……」

プリシラの呟《つぶや》きに、令嬢たちはハッとして振り返る。

そして、すぐにプリシラから離れウィルフレッドに言い訳を始めた。

「陛下、違うのです、これは……」

「フィリーネさまが、ご気分が悪いそうで」

「そうです、私どもは付き添いを……」

口々にわざとらしい台詞を吐かれ、プリシラは眉根を寄せた。

そんなこと言っても、プリシラが否定すればすぐにバレるのに。どうしてそんなに底が浅い嫌がらせをするのだろうか。

ウィルフレッドは令嬢たちを無視し、プリシラの背にそっと触れ立たせた。

「大丈夫か」

「ええ」

「髪がほつれている」

ラーラによって結われた美しい髪形が崩れてしまったと思い落ち込むと、ウィルフレッドが髪を撫でて乱れを直してくれた。

令嬢たちはまだ話し続けている。

「いけませんわ、フィリーネさま。陛下のお手を煩《わずら》わせては」

プリシラはやっと令嬢たちに向き合って言った。

「お下がりなさい。二度とその顔、見たくないわ」

「な、何ですって！」

令嬢たちが眦《まなじり》を吊り上げるが、プリシラには当たり前の反論だ。

「当然でしょう。貴女たちのような品性が下劣《げれつ》な者と、同じ場に居るのも嫌よ」

憤《いきどお》る令嬢たちに、ウィルフレッドはプリシラの腰を抱いて言った。

「貴女がそう言うのなら」

令嬢の中で、一番家格が上の少女がウィルフレッドに直接抗議をした。

「おそれながら……、陛下はこのような、外国人の言いなりになられるおつもりですか」

ウィフルレッドはフっと笑って言う。

「我が妻となる王妃の言うことと、お前たちのような上辺だけのくだらない女の言うことと、どちらが大切か比べるまでもないだろう」

「なっ、何ということを！　今の言葉、お父さまにきちんと告げておきますわ！」

所詮は父の威光に縋《すが》るしか出来ない子供の捨て台詞だ。相手にするまでもない。

プリシラはそう思ったが、ウィルフレッドはいつもの仮面を脱ぎ捨てたような表情をした。

つまり、紳士的でもなく人格者でもない素の状態で、心底人を蔑《さげす》んだような冷酷《れいこく》な表情をして令嬢たちを見下したのだ。

この視線の先に居るのが自分なら、ぞっとするほど恐ろしいだろうとプリシラは想像だけで震えた。

実際に冷たい視線に晒《さら》された令嬢たちは青ざめて震《ふる》えている。

ウィルフレッドは温度の無い声で告げた。

「なら、お前たちの父親に言っておけ。二度と俺の前に顔を見せるな。王妃を蔑《ないがし》ろにする家など我が王国に必要は無い」

ヒッ、と息を呑《の》む声は、令嬢の誰かが漏らしたものだろうか。

しんとしてしまった廊下に、ウィルフレッドが張りのある声で指示をする。

「衛兵！　この者たちを城外に放り出せ。抗議があれば、追って沙汰《さた》があると伝えておけ」

「ハッ！」

令嬢たちが背後で何やら喚《わめ》いているが、ウィルフレッドは振り返らず、プリシラの肩を抱いて歩いていく。

行先は、いつもの執務室だった。

二人で、ここで一緒に過ごしていた。思い出の場所だ。いや、思い出の場所だった。

プリシラは明日、挙式の為に城を出て、もう戻ることはない。このまま去っていくのだ。

この執務室で二人で過ごすこともう無いのだと、プリシラはしみじみ思って立ち尽くした。

そんなプリシラを、ウィルフレッドは優しく抱きしめて囁く。

「すぐに追いかけようとしたが、色々引き止められ間に合わなかった。大丈夫か？」

「あ……、ええ。陛下はお戻りになられた方がよろしいのでは」

この執務室での思い出に浸《ひた》って、先ほどの令嬢たちのことは半ば忘れていたプリシラは、まだ夜会の途中であることを思い出した。

ウィルフレッドは渋るように言う。

「そうだが……。お前を放って戻りたくはない」

「まあ。ふふ、ありがとうございます。わたくしは、もう部屋に帰りますわ。ドレスもこんな状態ですもの。あの、せっかく頂いたドレスなのに申し訳ございません……」

「構わない。が、腹立たしくはある。ドレスが汚れたことではない。見守っていた筈《はず》なのに間に合わなかったことと、あんな奴らにお前が良いようにされたことがだ」

いつしか、二人は抱き合ってそっと口付けを交わしていた。

唇を離し、プリシラがぽつりと言う。

「此処に居られるのも、明日までと思うと寂《さび》しいです。最初は嫌で、仕方なく来たのに」

「まだ分からないぞ。明日、どうなるのかは神のみぞ知る」

己の頬をくすぐる彼の優しい手に、プリシラは頬ずりして言った。

「いいえ。フィリーネさまは明日きっと現れるでしょう。バートラムさまが何も言ってこないのがその証拠です」

もし、フィリーネが本当に行方不明のままで、バートラムたちアマルセン国側も所在を掴んでいない場合、彼はきっとプリシラに何か連絡してくるだろう。

プリシラに何の報《しら》せも無いことが、計画は順調だという証拠なのだ。

ウィルフレッドはプリシラをじっと見つめて言う。

「お前は、それでいいのか？」

「良いも悪いも、元からの計画通りですから」

「プリシラ。お前の気持ちを聞いているんだ」

彼の口調は静かだが、プリシラの心に斬り込んでくるような本気を感じた。

プリシラは、感情を出さないように気をつけて口を開く。

「言っても、仕方の無いことです。陛下を困らせるだけですので……」

「良いから言え」

叩きつけるように追い打ちで命じられ、プリシラの唇は震えた。

「…………」

「プリシラ……」

プリシラは何も言えず、ただ黙って涙を流していた。泣くつもりは無かったのに、勝手に瞳から涙が零れる。

そんなプリシラをウィルフレッドは抱きしめた。彼の腕の中で、嗚咽《おえつ》を抑えられない。

何とか泣きやもうとしていると、彼が囁いた。

「何も言わなくとも、同じ気持ちだと感じる」

本当は、離れたくない。ウィルフレッドの傍《そば》に居たい。

けれど、明日の挙式の前にフィリーネ姫と入れ替わらなければいけない。

プリシラは何とか、彼に自分の思いを伝えようと口を開いた。

「っ、私の、気持ちは……、最初は尊敬だけでしたし、怖いと思ったこともありました。でも、一緒に過ごしているうちに、敬愛の気持ちに変わって……」

「……俺は以前、お前の尊敬は要らないと言った。それは、俺自身を、一人の男として見てほしかったからだ」

「ウィル……」

それで尊敬の気持ちや臣下になりたいという言葉を拒否されたのか、とようやくプリシラは思い当たった。彼をじっと見つめると頬を撫《な》でられた。愛しい思いが溢《あふ》れ出る。

「俺は、お前を本物の王妃にしたい」

「……っ！」

それは、罪深い誘いだった。

プリシラを、身代わりのまま王妃に据《す》え、本物のフィリーネ姫を追いやるということだ。

正当なアマルセン王家の血筋を、この国の王室に迎えることが平和に繋がるのに。ウィルフレッドの言っていることは、両国の関係を危うくするだけではなく、彼自身も危険に晒すことになるだろう。

バレたら、たとえ王でも只《ただ》では済まない。

プリシラは恐ろしくて、首を横に振った。

だが、彼は熱っぽく続けた。

「俺は、お前を離したくはない。これからも共に在りたい。プリシラ、傍に居ろ」

「そんなこと……」

出来るわけがない。

でも、プリシラは嬉しかった。

ウィルフレッドが、そう望んでくれただけで嬉しい。プリシラの涙は、歓喜の涙となった。感情のままに思いを言葉にする。

「そう言ってくれてありがとうございます……、嬉しい。貴方に望まれたということが、本当に幸せ……」

彼に結婚したいと言われた、この思い出だけで、プリシラはこの先幸せに生きていけそうだ。

二人がまたそっと唇を合わせる。先ほどは触れるだけのキスだったが、今度はウィルフレッドが唇を開き、舌を挿《さ》し込んでくる。たちまち深い口付けになって、彼に貪《むさぼ》られるように激しく啌内《こうない》を愛撫《あいぶ》された。

最後のキスだ。プリシラは、幸せと切なさを持って受け入れた。心と身体が疼《うず》き、それが息を乱す。

「んっ、ぅ……っ」

「プリシラ、プリシラ……」

ウィルフレッドの手が背に回り、ドレスを脱がそうかというその時、扉はノックされた。

「陛下、そろそろお戻りください」

ルースの声だった。

二人ともハッとして、距離を取る。濃密だった淫靡《いんび》な空気が一気に霧散《むさん》した。

ウィルフレッドが名残惜《なごりお》しげに言う。

「挙式の前夜は、花嫁と花婿が別々に過ごさなければいけない。それは王でも例外では無いそうだ。馬鹿馬鹿しい慣例だ」

「では、また明日」

プリシラが涙を浮かべたままで笑顔を作ろうとして言うので、彼も頷《うなず》いた。

そして、出て行こうとしてからもう一度振り返って言う。

「最後に、確認したいことがある」

「何でございましょうか」

何か、仕事の件だろうか。小首を傾げるプリシラに、ウィルフレッドは思いがけない話を持ち出した。

「お前の母の形見の件だが。お前が見たというペンダントは赤い石の物だったか？」

「え……、ああ、そうですね。赤いペンダントで、金色の鎖でした」

「他に覚えていることは？　形や、大きさなど」

どうしてそんなことを尋《たず》ねるのだろう。

プリシラは不思議に思いながら、思い出して答えた。

「ペンダントヘッドは普通の丸い物でしたが、その縁に白く輝く石が星の形のように見えた、ような気がします。ひょっとして、見つかったのでしょうか」

ペンダントが見つかったなら、祖父も一緒に発見されたかもしれない。

プリシラは期待をこめてウィルフレッドを見上げたが、彼は首を横に振った。

「いいや、まだ発見されてない。お前の祖父も不明のままだ」

「そう、ですか。では、どうしてペンダントの話を？」

落胆を隠しながらも疑問をぶつけると、ウィルフレッドは会話を打ち切るように言った。

「見たことがあるという者の話を聞いてな。プリシラ、俺はもう行く。また明日だ」

「……はい。わたくしは、もう少ししてから部屋に戻ります」

「ラーラを此処に迎えに来させよう。一人では出るな」

「はい、ありがとうございます陛下……」

もう一度、と軽く口付けてからウィルフレッドは執務室を出て行った。

プリシラはこの部屋を目に焼き付けようと、迎えが来るまで静かに佇《たたず》み風景を眺《なが》めつづけていたのだった。


ついに、ウィルフレッドとフィリーネ姫の挙式の当日となった。

未《いま》だ、本物のフィリーネ姫は現れない。現れたところで、どうやって入れ替われば良いのだろう。プリシラはとにかく気を揉んでいた。

だがプリシラが落ち着かずに居ても、ラーラたちによって花嫁として装《よそお》わされていく。

フィリーネ姫の為のウェディングドレスを着て、正当なる王妃のティアラを被るのだ。

「フィリーネさま、お美しうございますわ」

「本当に！」

侍女たちは本物と信じて止まない王妃の美しいドレス姿に、誇《ほこ》らしげでさえあった。

純白のウェディングドレスを身に着けた女を鏡越しにぼんやり見るプリシラは、彼女たちの褒《ほ》め言葉が本当かお世辞《せじ》かどうかも分からない。

銀の髪を結い上げ、宝石が散りばめられたティアラを飾った花嫁が、鏡に映っている。

挙式前の新婦なら普通、もっと輝かんばかりの幸せオーラを纏《まと》っているだろう。だが鏡の向こうからは、不安げな女が見返していた。

プリシラの準備も無事に終わり、そろそろ城内から移動し、馬車で神殿に向かう予定時間となった。

　神殿までの沿道には国民が大勢詰めかけており、プリシラとウィルフレッドは馬車から手を振るパレードとなる。

　このまま、神殿までプリシラが身代わりとなったまま行っても良いのだろうか。悩んで、色々と考えていると、居室のドアがノックされた。

　ララが用向きを伺《うかが》いに行って、すぐ戻ってきた。

「フィリーネさま。アマルセン国高官の、バートラムさまが至急のお話があるそうです」

　ついに来た。プリシラは心臓が跳ねたがせいぜい静かな声で指示した。

「わたくしの、いわば親代わりでもある方ですの。大切な話があるから、二人にさせてち
ょうだい」

　侍女たちは反論もせず、頭を下げて退室していく。

　ララは最後まで残り、物言いたげだったがやはり素直に出て行った。

　バートラムが入室してくる。久しぶりに彼を見た。確か、最後に見たのはこの王城に連
れだって来た時だ。あれから随分《ずいぶん》と日が経ったように思える。

　プリシラが黙っていると、バートラムは端的に述べた。

「この王城に、お連れすることは叶わなかった。神殿の控室に、侍女として入る手筈だ」

主語は言わないが、誰のことかは分かっている。

本物の、フィリーネ姫だ。

「……それでは、パレードまではわたくしが身代わりで、神殿で入れ替わるとよろしいのですね？」

「そうだ」

飲み込みが早くて助かる、そう言うバートラムにプリシラは聞きたかったことを尋ねた。

「わたくしの祖父の行方を、ご存じでしょうか」

「今は、把握していない」

「今は？」

ではある時期までは分かっていたのだろうか。

プリシラがどういうことだと目を細めて見ると、彼は肩を竦《すく》めて言った。

「当初の約束通り、我が国の医師が彼を保護し、治療を施《ほどこ》していた。だが、治癒の目途《めど》がたつと勝手に出て行ってしまったのだ。その後はどうなったか知らぬ」

「そう、ですか……」

では、誰かに攫《さら》われたり捕らわれたりしているのではないということだろうか。

窮屈《きゅうくつ》な保護生活が嫌でふらりと出て行ってしまっただけだと良いのだが。プリシラは祖父の無事を祈り、この身代わりの生活が終われば探さなければと思う。

その生活が終わるのは、今日、この後だ。

プリシラは立ち上がって言った。

「では、参りましょう」

「私は先に神殿に向かっている」

パレードでゆっくりと進むプリシラより、先に神殿に行きフィリーネ姫と控室に入っているという手筈なのだろう。

プリシラはバートラムに向かいしっかり頷き、そして部屋を出た。

この部屋……、それに王城とも、出て行くと最後だ。もう戻ってくることはない。それを考えると、胸に焦燥《しょうそう》とも切なさとも言えない感情が胸を渦巻《うずま》く。

こんなにも、彼のもとを去るのが耐え難いなんて。

最初に出会った時には、己がこんな気持ちになるなんて夢にも思わなかった。

かといって、この身代わりを引き受けたことを後悔はしていない。彼に、ウィルフレッドに出会えて良かった。心底そう思っている。

それは、彼の礼装姿を見た時にも胸に溢れる感情となって実感した。

挙式の際の礼服は白に金の詰襟《つめえり》だった。下衣は黒で、色の対比が目にも鮮やかだ。袖《そで》や肩の金ボタンも眩《まぶ》しいが、それ以上に彼の美貌が光り輝いて見える。

プリシラは隣に立つのも気後れし、出るのは感嘆の吐息のみだった。

馬車の前で、プリシラの手を取って口付けしたウィルフレッドはじっと見つめて言う。

「綺麗だ」

「ありがとうございます。陛下こそ……」

そういうプリシラにウィルフレッドは苦笑いして見せた。

「私に綺麗は褒め言葉ではないぞ」

「それは失礼いたしました」

ふふ、と笑って手を取り合って馬車に乗る。

二人の姿は、どう見ても仲睦《なかむつ》まじい新郎新婦だ。

だが、プリシラの身代わりは神殿の中まで。

この後、実際に式を挙げるのはフィリーネ姫だ。彼女は、一体どういう態度をウィルフレッドに取るのだろう。

彼の際立った相貌《そうぼう》とスタイルに、虜になるだろうか。それとも、いつもの態度を貫きツンと素《そ》っ気《け》ないだろうか。

ウィルフレッドも、本物のフィリーネ姫にはどう振る舞うだろう。プリシラに当初したように、礼儀正しく体面の良い態度にするだろうか。もしくは、外面の良さを投げ捨て、本音で対応するだろうか。

もし、二人が長く夫婦となるべく上辺だけの付き合いをしないなら、ウィルフレッドはその他大勢用の仮面をはずしてフィリーネ姫と話すべきだろう。

でも、ウィルフレッドがプリシラではないフィリーネに、今と同じように笑いかけ意地悪を言ったり、優しくすると思うと胸が焼けつくようだった。

嫉妬《しっと》だ。

最初から、期限があると分かっていたのに。邪魔者は、自分の方なのに。

それでも、プリシラは胸の疼きを抑えられない。

時間が経てば、この感情も治まるのだろうか。

でも、こんなことを考えるのも余計なお世話だろう。プリシラは明日から、王城を去り町で元の暮らしに戻るのだ。

やがて予定通り、馬車が走り出した。プリシラもウィルフレッドも、笑顔で沿道の民に手を振る。

国民たちは、熱狂的に喜んでくれているようだ。

手を振り続けていると、ウィルフレッドがあまり唇を動かさずに囁いた。

「あの男は何と？」

あの男とは、さっき会ったバートラムだとプリシラにはすぐ分かった。彼が何やら伝えに来たと、すぐにウィルフレッドに報告があったのだろう。

　プリシラも、笑顔のままそっと伝えた。

「神殿の控室で、入れ替わります」

「…………」

　ウィルフレッドは、何も言わなかった。


　パレードの最中には、沿道に居る国民の祝福しか見えないので、プリシラには神殿の中がどうなっているのかは分からない。

　プリシラは、この立場への執着《しゅうちゃく》がありながらも、無事に入れ替わらなければいけないという使命で心が急く。馬車の中で手を振りながら、焦燥感でそわそわしてしまう。

　いい加減、笑顔と腕が疲れたところで、神殿の車寄せに着いた。ウィルフレッドに手を取られ、馬車から降り立った。傍から見ると、新婦を気遣う新郎の完璧なエスコートだろう。

　そういえば、と思い出す。以前、この階段の踊り場で刺客が襲ってきたのだった。急に不安になったプリシラは、周囲を見回し不審な人物が居ないか探してしまう。

「大丈夫だ。重点的に騎士を配置し、護衛させてある」

　プリシラの考えを読んだように、ウィルフレッドが先回りして教えてくれた。

階段の脇に、大勢の騎士が立って護ってくれている。

プリシラはホッとして言った。

「ええ、そのようね。よく、わたくしの考えていることが分かりましたね？」

ウィルフレッドはフッと笑って言った。

「それくらい容易い。私たちは、もう分かり合えているのだから」

「そう、ですね……」

プリシラも、ウィルフレッドの気持ちはある程度汲《く》める。だからこそ、離れがたいのだ。

プリシラは彼と腕を組んで一段ずつ、別離への階段を上がって行く。

神殿の入口まで来ると、腕を離した。

此処からは別々の控室に入り、そして再会するのは大聖堂の中だ。

つまり、プリシラとウィルフレッドが相対《あいたい》するのは今が最後なのだ。

プリシラは、彼をじっと見つめその眩しいばかりの姿を目に焼きつけた。

この光景を、一生忘れないだろう。

そうして、プリシラは一人で神殿の中に入った。今から、フィリーネ姫の居る控室に向かうのだ。

プリシラはもう振り返らずに前を向いて歩く。

ウィルフレッドも同様に、彼自身の控室に向かうと思っていた。

だが突然、プリシラの腕が背後から掴まれた。

引き止める腕に、何だろうと思って振り向いて顔を上げる。ウィルフレッドだった。戸《と》惑《まど》いながら尋ねた。

「陛下？　どうかなさいましたか？」

「控室には行かせない」

「え……」

どうしたんだろう。何か、手順が変更になったのだろうか。

プリシラのもとには連絡は来ていないが、ウィルフレッドだけが掴んだ情報があるのかもしれない。

その真意を尋ねようと小首を傾げると、彼は耳を疑う言葉を告げた。

「お前を逃がさない。このまま式を挙げ、王妃になってもらおう。プリシラ」

「そんな！」

そんなこと、許されるわけがない。

プリシラは驚愕《きょうがく》し、首を横に振った。だが、ウィルフレッドは腕を掴む力を緩《ゆる》めない。

「俺の控室に、共に来い」

「そんなこと、出来るわけがありません。どうか考え直してください、陛下」

プリシラは何とか抵抗しようと身を引くが、ウィルフレッドは引きずるように連れて行こうとする。

プリシラの嫌がる素振りを見て、ウィルフレッドは気分を害したようだ。苛々《いらいら》と凄《すご》んでくる。

「抵抗するな。お前も同じ気持ちではないのか？」

「それは……。でも、罪深いことです。いけません、陛下」

このまま、本物の王女として入れ替わったまま、本当の王妃になるなんて。いくら何でも、王家の血筋への冒涜《ぼうとく》だ。

それに、バレたらウィルフレッドもただでは済まない。

お妃教育の期間でも、疑われ危うい場面はあったのだ。王妃となった後にまたそんなことがあれば、と想像だけでもゾッとする。

平民出の自分が、成り代わり王妃になるなどとんでもない。プリシラは首を横に振り、彼の足を止めようと引っ張るが力では敵わなかった。

結局、プリシラは強引に引きずられ、ウィルフレッドの控室に押し込められてしまった。

控室と言っても王族が使う部屋だ。豪奢《ごうしゃ》な広い部屋にはソファなどの家具が置かれ寛《くつろ》げるようになっている。

今のプリシラには寛ぐどころの話ではないが。

ドアを閉め、扉口すぐの場所で向かい合う。プリシラは説得を続けようと口を開いた。

「陛下、どうかお考え直しください。わたくしにはとても無理です」

「何が無理だ。諸々の問題は解決するし何とでもなる。お前が俺と共に在りたいという気持ちさえあれば無理ではない」

「ですが……」

「俺を思っているんだろう？　プリシラ」

「っ……」

ウィルフレッドの瞳に甘く射竦《いすく》められると、プリシラは目を伏せてしまった。

彼と目を合わせることが出来なかった。ウィルフレッドの言う通り、彼のことを心底思っている。

でも、何の後ろ盾も無いプリシラでは駄目だ。

今プリシラが身代わりとなって王城に上がっていられるのは、アマルセン国側が用意しお膳立てしたからだ。

そのアマルセンが、もう身代わりは必要ないと本物の姫を連れてきているのだから、プリシラが王妃になれる筈がない。それを理解しているのに、ウィルフレッドに囁かれると理性は溶けてしまう。

「プリシラ……」

彼に顎《あご》を掬《すく》い上げられ、強制的に視線を合わせられる。胸が熱くなって、瞳が潤んだ。

「ウィル……」

このまま、彼の胸に飛び込んでただ愛を乞《こ》いたい。彼を愛していて、ずっと共に在りたいのだと告白したい。そう言った時、彼は同じ気持ちだと告げてくれるだろうか。

「貴方を……」

プリシラがそんな馬鹿な望みに縋って口を開いた時だった。

突然、控室の扉がノックされた。

二人共、ハッとする。扉の外には、歩哨《ほしょう》の騎士がいる筈だがそれでもノックをされるということは、神殿の関係者が呼びに来たということだ。

しかし、ウィルフレッドが不審げに呟いた。

「……まだ時間には早い筈だ。誰だ」

「陛下、御来客をお連れしました」

大神官の声だった。

ウィルフレッドは眉根を寄せ、冷たい声で言い放った。

「後にしろ。今は挙式直前だ」

「それが、挙式の前に話さなければいけない火急の用件なのです。何せ、ご自分こそがフイリーネ姫だと主張されているご婦人なのですから」

「……！」

大神官に、本物のフィリーネ姫が見つかってしまった。

プリシラはぎゅっと瞳を閉じたが、すぐにゆっくり瞼《まぶた》を上げた。静かにウィルフレッドを見る。

彼も、じっとプリシラを見つめていた。プリシラはウィルフレッドに向かって頷いて合図した。

何があっても、味方でいるという決意の表れだった。

ウィルフレッドが扉を開けると、大神官とフィリーネ姫が入って来た。

それだけではない。フィリーネの第一侍女、ベラとアマルセン王国の高官であるバートラムも居る。

だが、一番プリシラが驚いたのは祖父が彼らと一緒に入室してきたことだった。

寸でのところで、おじいさまと呼びそうになるのを飲み込んだ。

だが、プリシラが祖父を見て反応したのを大神官は見逃さなかった。そして嫌味なほどに恭《うやうや》しく、勿体《もったい》ぶって話を始めた。

「さて、そこの侍女……、お仕着せ姿のご婦人が、我こそはアマルセン王国の王女であると、そうおっしゃっております。確かに、フィリーネ姫と年恰好《かっこう》がそっくりで顔もよく似ていらっしゃる」

一体これはどういうことでしょう、そう述べた大神官は、これからウィルフレッドを糾《きゅう》弾《だん》するという甘い蜜を漏らさず舐《な》めすすろうとにんまりしていた。

　フィリーネが居丈高《いたけだか》に言う。

「こんな恰好で潜伏《せんぷく》するなどもうたくさん。わたくしがアマルセンの王女、そしてこの国の王妃たるフィリーネよ。早くそのドレスを脱いで渡しなさい、プリシラ」

　相変わらずのご様子だ。

　プリシラが着ていたドレスなど嫌だが、仕方なく着て挙式をし、嫌だけれど王妃になってやるという態度なのだ。

　ウィルフレッドはフッと笑ってまるで相手にしないような態度で口を開いた。

「そこの女は頭がおかしいのだろう」

「……何ですって」

　フィリーネの声が低くなる。だが、ウィルフレッドはあっさりと言ってのけた。

「此処に居る、美しい花嫁こそが本物の姫君だ。少し顔立ちが似ているといって、王妃に成り代わろうとは呆《あき》れ果てた女だ」

　プリシラはその言葉を聞いて、動揺を表に出さないようにすることで必死だった。ウィルフレッドは、本当にプリシラを王妃にしフィリーネを偽物にするつもりなのだ。そんなこと、出来るのだろうか。許されることではないが、今彼の言葉を否定して背中から斬りつけるような真似は出来ない。プリシラは黙ったまま皆の様子を見守った。

すぐさま、フィリーネが吠《ほ》えるように反論する。

「何を言っているの！　わたくしが、わたくしこそが本物でしょう！　バートラム！」

名指しで擁護《ようご》するよう命令されたバートラムだが、彼も何と言って良いのかと口ごもった。ウィルフレッドの目的が分からない以上、此処では何かを主張するのはまずいと思ったのだろう。

プリシラだけではなく、バートラムもベラも、祖父も黙っている。

だが、大神官はプリシラと祖父を見比べながらいやらしい笑みを浮かべた。

「陛下の主張は理解いたしました。しかしながら、そこの老人の孫娘、プリシラがその花嫁に入れ替わっているようなのです。城下で代筆屋を営んでいるようで、どうりで大陸古代文字にも精通していたものですな」

フィリーネがフンと鼻を鳴らして言った。

「貴女、そういう勉学だけは得意だったものね、プリシラ。でも貴女はもう用無しよ。さっさと引っ込みなさい」

大神官が我が意を得たりと頷いて口を開く。

「やはり、此方の御方こそが本物のアマルセンの王女。そこに居るのは代筆屋の孫娘、プリシラでしょう。さて、陛下はこの偽物を、本物ではないと知った上で連れて来られたのですか？」

「…………」

誰も、答えない。プリシラは真っ青になって大神官の声を聞いていた。どうしよう、やはり無理なのだろうか。それなら、ウィルフレッドを庇《かば》って彼に責が及《およ》ばないようにしたい。己が王妃になりたいと言い張ったことにしようか。

そう考えていると、大神官は続ける。

「それとも、偽物の娘に騙《だま》されて、本物だと思い込まされていたのでしょうか。どちらにしても、大失態ですなあ。国を混乱させた、責任は重い。一体どう責任を取られるおつもりですか？」

「わ、わたくしが……！」

「よせ、黙っていろ」

プリシラが答えようとしたが、ウィルフレッドに制止された。彼には彼の考えがあるのだろうかと、黙ってウィルフレッドを見つめる。

大神官は、王の責任問題に発展させ神殿に権力をもたらそうとしているのだ。大神官の思い通りにさせないよう、王には何ら責任は無いと伝えなければ。

プリシラは、彼を守る為なら何でもする気だった。

だから、自分が彼を騙していたと、ウィルフレッドは何も知らないのだと説明しようとした。

それなのに、口を開こうとするプリシラにウィルフレッドは言う。

「お前は何も言わなくて良い」

一体、どうして？

フィリーネは当然、自分が王女であると吠えたてているし、大神官はプリシラが偽物でそれがウィルフレッドの罪だと述べ続けている。

彼らの主張は正しい。プリシラの祖父という証人も連れて来ている。それなのに、ウィルフレッドは事態の収拾も図ろうとせず黙っている。

彼は、何もせず事が収まるのを待つ人ではない。何を狙っているのだろう。

プリシラは、ウィルフレッドを見つめた。彼の視線は、プリシラの祖父に注がれていた。

そして、祖父もまたウィルフレッドを真摯《しんし》な瞳でじっと見つめているのだ。

どうしたのだろう。二人は初対面の筈だ。

ウィルフレッドは、プリシラの祖父を推《お》し測ろうとせんばかりに見ている。

プリシラは、祖父が何か言うのかとそれを待った。

だが、次の声は思いもしないところから上がった。

「本物の王女には、背中に火傷《やけど》の痕《あと》があります」

ベラだった。

その言葉の意味が分かったのは、フィリーネとプリシラだ。プリシラはハッとする。確かに、背中に火傷の痕はある。だが、それが本物の王女というのはどういう意味なのだろう。

戸惑っていると、フィリーネが金切《かなき》り声をあげた。

「何ですって！　ベラ、いい加減なことを言わないで！」

だが、ベラは落ち着いた声を出して冷静に話し始めた。

「二十年前に起こった、アマルセンとブレナリの戦争は三年ほども続いたことは、ご存じですか？」

「それが一体、どうしたって言うの！」

突然の昔話に、フィリーネは混乱して怒鳴りつける。

ベラは訥々《とつとつ》と続けた。

「戦況は一進一退。十八年前に王妃さまが御子を産んだ時も、アマルセンの王都は平和ではなく、比較的平和な場所に疎開されていました。ところが、その場所は襲撃されてしまった……」

「だから一体何なの！」

怒るフィリーネ以外は、皆集中してベラの話を聞いている。

「王妃さまは、幼少の頃よりの教育係と産んだばかりの王女さま、その三人で命からがら襲撃を受けた場所から逃げました。逃亡生活は続き、いつしか国境を越え、そしてこのブレナリに逃れ落ち着くことになったのです」

「……嘘よ。嘘だわ！　わたくしは、アマルセンで生まれ育った王女なのよ！」

フィリーネの悲鳴のような声を聴きながら、プリシラは、茫然《ぼうぜん》としていた。

まさか、という思いだが続きを早く聞きたい。プリシラはベラをじっと見つめる。

ベラは、プリシラに一つ頷いてから口を開いた。

「避難生活が続くうち、王女さまには背中に火傷が出来てしまいました。それに、王妃さまは無理がたたり間もなく亡くなってしまいました。教育係には、王女さまの身が安全だと分かるまで市井《しせい》での生活を続けてほしいと、そう言い残して。身分より、王女さまを死なせたくないというその一心だったのです」

プリシラが、震える声で尋ねた。

「その、教育係は……」

「ワシじゃ。ワシが、王妃さまの教育係で、貴女さまをお育ていたしました。姫さま」

「おじいさま……」

そんなこと、知らなかった。

祖父が、実の祖父ではなかったなんて。

母が王妃で、自分が王女だなんて。

祖父が、話を続けた。

「ワシはこの国で代筆屋を営みながら、姫さまをアマルセンに連れ帰る機会を狙っていた。しかし、戦《いくさ》が終わった後聞いた話では、アマルセンでは王妃は亡くなったものの、王女は無事に城内に居ると。このまま姫さまを城に帰して良いものか迷い、ベラに手紙を送った」

ベラが引き継いで説明する。

「アマルセンでも、情勢は不安定でした。国王陛下は偽の王女を城に迎え入れながらも、新しい王妃さまをすぐに娶《めと》りましたから」

「それを聞いてワシは、プリシラさまには姫として城で暮らすより、市井で自由に生きる方が良いのではないかと考えたんじゃ。王妃さまも、その方が喜ばれるような気がしてなあ。ワシに出来るのは、姫さまに教育を施すくらいだったが。それで良かったのかは未だに分からん」

「おじいさま……」

プリシラの瞳から涙が零れ落ちた。

祖父は、教育だけではなくプリシラを慈《いつく》しんで、愛して育ててくれた。

実の祖父だとばかり思っていた。いくら感謝してもしきれない。

プリシラが思わず祖父のもとに駆け寄ろうとした時、ウィルフレッドが腕を摑んで引き寄せた。

えっ、と思って顔を上げ彼を見た。ウィルフレッドは今の話を聞いても、全く驚いていないようだった。

プリシラにとっては、全てが初耳で驚愕の事実ばかりなのに。

ウィルフレッドが冷静な声を出し祖父に語りかけた。

「貴方はプリシラの母である王妃の形見を持っているのでは？　それが、プリシラを王女だと証拠付ける物になる筈だ」

「ああ、その通りですな。これが、王妃さまが国王陛下より贈られたペンダントです」

祖父がポケットからネックレスを取り出した。プリシラの記憶通り、赤い大粒の宝石がペンダントトップだ。

祖父がプリシラに近付いて来て、手渡そうとする時に大神官が大声を出した。

「嘘だ！　そんなペンダント、何とでも偽装できる！」

祖父が首を横に振る。

「いいや、これはアマルセン王家の刻印入りじゃ。偽装など出来ん」

ウィルフレッドも祖父の言葉に重ねて言う。

「そうだ。当時の書類にも書かれていた。王妃が行方不明となり、その時に王より贈られた王家の宝も紛失していたと。その宝はペンダントで、赤い石だったという記録だった」

それで、プリシラにペンダントについて細かく確認してきたのか。

ということは、ウィルフレッドはその時からプリシラが本物の王女ではないかと疑っていたのだろうか。

プリシラは何も考えられず、ぼうっとしたままウィルフレッドを見つめてしまった。

その時、女の鋭い声が聞こえた。

「だったらわたくしは何なの！　わたくしも王女なんでしょう!?　だって顔がそっくりじゃない！」

フィリーネだった。

今まで自分の優位性を疑ったことがない姫君であるフィリーネが、焦《あせ》っている。

プリシラが王女であって、そして王妃はすぐに亡くなったと聞き、俄《にわ》かに我が身の危うさを覚えたのだろう。

確かに、プリシラとフィリーネはそっくりでよく見比べてみないと見分けがつかないほどだ。それは血の繋がりがあるからだと分かる。

プリシラも、フィリーネはきっとアマルセン王家の縁者であると思った。

だが、ベラは無情にもその予想を裏切る言葉を発した。

「フィリーネさまは、王妃さまの妹御の私生児にございます」

「しせい、じ……、ですって？」

フィリーネの唇がわななないた。

姫君であるフィリーネには余り理解出来ないのかもしれない。

ベラの説明は続いた。

「プリシラさまがお生まれになったのと同じ頃、王妃さまの妹御が旅の楽士と火遊びの末に出来た子を秘密裡《ひみつり》に産んでいたのです。勿論、体裁《ていさい》が悪いのでその事実は伏せられておりました」

「そんな……、まさか……」

フィリーネの身体が震え始めた。ベラは無情な答えを紡《つむ》ぐ。

「本当でございます。王妃さまとプリシラさまが失踪《しっそう》され、アマルセンでは更なる本格攻勢をすべきだという声が多勢を占めました。国王陛下の意気消沈も激しく、王妃さまのご実家のご当主……つまり、プリシラさまとフィリーネさまの祖父に当たる方が代わりの赤子を差し出すことを決断したのです」

このまま戦争が激化すると、二国とも滅んでしまう。平和の為、そして国王陛下の御心を慰める為に、王妃の実父はフィリーネを偽の王女として差し出したのだ。

つまり、と場をまとめたのはウィルフレッドだった。

「アマルセン王家の血を引いているのはプリシラだけであり、フィリーネは違うと。そういうことだな」

ベラが頷いた。

「嘘よ！　そんな、嘘だわ、嘘……」

フィリーネが叫んだが誰も否定しない。彼女はへなへなと腰が抜けたように床に座ってしまった。

プリシラは、誰もフィリーネに助けの手を差し伸べないのを痛ましく見つめた。近寄って立たせてあげたいが、ウィルフレッドの腕はまるで拘束《こうそく》するようにプリシラの腰を抱いていた。まだ動くなと、そういうことなのだろう。

ベラが、いつもの静かな口調で語り始めた。

「フィリーネ、と名付けたのはアマルセンの国王陛下です。王妃さまが疎開先で王女を産んだと知らされた時から、この名にすべく国民にも発表されました。そうすると本物のフィリーネさまがこのブレナリでそれを名乗るわけには参りません」

続きは祖父が引き継いだ。

「プリシラという名は、王妃さまが名付けられたんじゃ。この国で健《すこ》やかに暮らせるように、と願いを込めて」

プリシラの胸に、母の愛がじんわりと感じられる。その後すぐ儚《はかな》くなってしまい、プリシラは面影も分からないがきっと愛してくれていたのだろう。

ベラが一つ頷いて続ける。

「私は、王妃さまが王妃となられる前、幼少の頃より御仕えしておりました。王妃さまがブレナリへと出国する際も、どうかお連れくださいとお願いしました。ですが、人が増えるとその分危険が増えると。別行動することになったのです。それは今でも、悔《く》いております。あの時、何としてでも付いていけば良かったと、未だに夢を見るのです……」

静かだが、秘めたるものはとても熱いようだった。プリシラの母を大切に思い、忠義を持ってくれている人なのだろう。

今から思えば、プリシラと初めて会った時から物言いたげだった。

それに、教育は厳しくも優しかった。あれは、プリシラの母を重ねていたからかもしれない。

プリシラは感慨《かんがい》深くベラを見つめる。すると、同じくベラを見ていたウィルフレッドが質問した。

「ブレナリの王妃をプリシラにしようという策は、お前のものか」

「っ、まさか！」

バートラムが思わずといった声を出した。そして、ベラを驚愕の視線で見つめる。

プリシラは与《あずか》り知らぬアマルセン側の事情だが、暗殺の危険が渦巻くブレナリ王妃のお妃教育を、フィリーネ一人でやり遂げられないと予測していたのは国の総意だった。

それで身代わり計画が立案されたのだが、その立案者ははっきりしていない。

ただ、似た娘が居ると言い出したのはベラだった。

バートラムが低い声でベラを糾弾するように言う。

「まさか、お前が……、全てを計画したというのか。ベラ」

皆の視線がベラに集中した。

プリシラには、ベラが何をどう計画したのかは分からない。けれど、ベラは母に忠義を持ってその為に行動したように思えた。だから、彼女が今から責め立てられるようなことにならなければいいが、と心配しながら黙って事態を見守った。

ベラが静かに口を開く。

「王妃さまが身罷《みまか》られ、プリシラさまが市井で育てられているのは知っていました。ですが此方の情勢も危うく、プリシラさまには国元で姫として暮らす方が危険だと見守っておりました」

「まさか、そんな……わたくしの方が、身代わりだったっていうの……」

床に座り込んだフィリーネが呟く。先ほどから、誰からも無視されフィリーネの言葉に答える者は居ない。

ベラの声はしんとした控室によく響いた。

「しかし、ブレナリの国王との婚姻の話が浮上しました。ウィルフレッド陛下という、実質の権力を握った若き王になら、プリシラさまを任せられるのではないかと、そう思った次第です。それが、プリシラさまの母である王妃さまに報いる手段だと、そう思っております」

ベラは今回の謀《たばかり》に何の後悔もなく、もし罪が露呈《ろてい》したらという脅《おび》えもなく、腹の据わった態度だった。それはプリシラこそが本物の姫だったと、彼女が知っていたからだ。

バートラムはその態度に今さら思い当たったのだろう。歯噛みしながら尋ねた。

「別荘への襲撃も、貴女の手引きによるものか、ベラ」

「そうです」

「やはりな。襲撃にしては、姫君の命を狙うより金目の物への執着の方が目立った」

プリシラは命からがらようやく逃げられたと思っていたが、実際は賊《ぞく》はろくに追いかけて来なかった。その後、プリシラはバートラムに連れられアマルセンの邸宅に姿を隠したが、彼が襲撃を受けた現場に戻ると盗難被害が多かったらしい。付け火はただの陽動で、人も死んでいなかったと聞いた。

バートラムがベラを睨《にら》みつけている。恐らく、必死に捜索しやっとの思いで潜伏していたフィリーネを見つけたのが無駄足だったと怒っているのだろう。

ベラは誰にも、バートラムは元よりプリシラ本人にも本当のことを伝えなかったのだ。どうして教えてくれなかったのだろう、とプリシラが思っているとその意を汲んだようにベラが言う。

「本当は、この挙式の後まで身を隠すつもりだったのですが、バートラム殿に見つかってしまいました。どうせなら真実を告げようと、ここまでついて参った次第です」

ということは、ベラはプリシラにも本当の姫の正体について教えようとは思わなかったのだ。

「一体、どうして……」

プリシラが思わず呟くと、ベラは真顔で言い放った。

「この程度の真相にたどり着けない筈はない、そう思っていましたので」

ベラはじっとウィルフレッドを見つめていた。

彼女は、ウィルフレッドを試していたのかもしれない。本当にプリシラを王妃として受け入れてくれるか。そして、真実を知ることが出来るのか。

その挑戦的な瞳を、ウィルフレッドは鼻で笑ってあしらった。

プリシラが見たところ、ウィルフレッドは先ほどからまるで驚いていない。きっと、全てが分かっていたのだろう。いつどうして……。

疑問を感じながらプリシラがウィルフレッドを見つめていると、フィリーネが泣き崩れて叫んだ。

「そんな、そんな！　わたくしは、どうなるの！」

今まで本物のアマルセン王女として育てられ、全ての我儘《わがまま》が許されていた身分ある姫君が、その虚栄《きょえい》の全てを引きはがされて泣き叫んでいる。それはみっともなく、まるで誇りも優雅さもない態度だった。

プリシラはフィリーネを憐《あわ》れに思った。彼女は姫という身分、王妃になるという立場だけではなく行き場まで失ってしまったのだ。

いつもの高慢な態度が消えうせ、身も世も無く涙するフィリーネ。

プリシラは同情的な視線を送るが、フィリーネに一歩近付いたのは冷たい瞳をしたバートラムだった。そして、視線と同じように温度のない声を出して命じた。

「フィリーネ、立て」

「……！」

びくり、とフィリーネが身体を震わせた。

今まで、プリシラが聞いていた範囲だけでも、バートラムがそんな口を利くことは絶対に無かった。

今までなら、バートラムは優しい声でフィリーネを宥《なだ》めて励《はげ》ましたことだろう。

だが、それはフィリーネ姫がバートラムの出世の足掛かりであって、大切な駒だったからだ。

プリシラは、これからフィリーネがどのように扱《あつか》われるのか心配しながら二人を見る。

バートラムは、厄介者《やっかいもの》にその事実を突きつけるよう説いていった。

「貴女は表立って公表出来ない立場となった。一貴族の私生児、死んだと思われていた王女の身代わりだ。分かるな？」

「わ、分かっているわ！」

涙を溢れさせながらも、フィリーネの気位はまだ高いらしい。

彼女の返事にも拘《かかわ》らずバートラムは淡々と続けた。

「今までのような贅沢《ぜいたく》は出来ないし、完全に私の支配下に居てもらうことになる。それでも良いなら、一緒に来ると良い」

この計画の幕引きには、こうするしかないようだった。

本物の王女をブレナリの王妃に立てたのだから、偽物の回収は企画責任者であるバートラムが請け負うのだ。

フィリーネもそれ以外に行き先が無いと分かったのだろう。涙を零しながらもこくんと頷いた。

いつにない従順なフィリーネの様子に、プリシラは目を瞠《みは》った。そして同時に、バートラムの唇の端が一瞬、ふっと吊り上ったのが見えた。だが次の瞬間には、バートラムはまた無表情になり、素っ気なく退室指示を出した。

「これから、秘密裡に神殿を出てアマルセンに帰ることになる。貴女には、私の屋敷で暮らしてもらうことになる。軟禁状態とはなるが」

それを聞くと、今まで黙っていた祖父……、いや、王妃の教育係だったソルが声をあげた。

「ワシも、一緒に連れて行ってくれんかの」

「おじいさま？」

プリシラは驚いた。

祖父はきっと、この挙式の後もまたブレナリで暮らすと思っていたのだ。

だが、ソルは首を横に振って言う。

「二十年、この国で暮らしておった。此処も悪くはない。だが、祖国はアマルセンだ。故郷をもう一度、見るのは叶わんと思っておったが……、目も治してもらったことだしの」

バートラムは本当に祖父の瞳を治してくれたのだ。プリシラは、気になっていたことを尋ねた。

「おじいさま、今までどこにいらしたの？　お医者さまにはちゃんと見てもらったの？　目はもうすっかり治ったの？」

矢継ぎ早に質問を重ねるプリシラに、ソルは苦笑いしながらもしっかり瞳を向けてくれた。もう、明後日の方向に視線を向けてはいないことにプリシラは安堵《あんど》の息を漏らした。

ソルは頷いた。

「医者に目を治してもらった後は、友人知人の家を転々としておった。どうも、一ところに留まると騒がしく跡を追われるようでな」

「そうだったの……」

「目はすっかり元通りじゃ。また、手紙を書くよ、祖父としてのう」

プリシラは目頭が熱くなりながら、にっこりと頷いた。祖父の心遣いが嬉しい。血は繋がっていなくても、暮らす場所が離れても、プリシラにとってソルは本当の祖父なのだ。

プリシラは退室していくバートラムに、思わずお礼を言っていた。

「あの、ありがとうございました……」

バートラムは少し苦い顔をして、一礼してから言った。

「こうやって幕引きをするしか、方法が無いからです、姫さま。また何《いず》れ、アマルセン国より謁見《えっけん》の申し出がありましょう」

その時はよろしくお願いします、その言葉にプリシラも頷いた。

「…………」

フィリーネは何か言いたげでプリシラを睨んだが、バートラムに促《うなが》され一緒に退室していった。

ソルはあっさりしたもので、「元気でな」と飄々《ひょうひょう》と出て行ってしまった。

いつも余計なことは話さない、寡黙《かもく》な人だったと思う。

でも、プリシラをここまでしっかり育ててくれた。プリシラは感謝と愛情を持って、祖父の背中を見送ったのだった。

最後にベラが、プリシラに深々と頭を下げた。

「プリシラさま、今まで身分を隠さねばならなかったこと、お詫《わ》びいたします」

「そんな……。仕方なかったんですもの、謝らないでください」

「これからはブレナリの王妃として、立派にお務めくださいませ」

「ええ、ありがとう……」

ベラはウィルフレッドにも一礼をし、それから去って行った。

控室に残ったのはプリシラとウィルフレッド、それに大神官だ。

「そんな……まさか……」

己の企《たくら》みが上手くいかず、それどころかウィルフレッドの計画の手助けをしてしまった大神官はぶつぶつ言いながら汗まみれだ。

ウィルフレッドはそんな彼に厳しく言う。

「お前の断罪は後だ」

「ヒッ……」

「今から、俺たちの挙式に関する儀式を、全て完璧にこなせ。一つでも失敗したら、分かっているな?」

ウィルフレッドが凄むと、大神官は「ヒィーッ」と奇声をあげて逃げるように退室していった。

プリシラとウィルフレドはまた、部屋に二人きりになった。でも、先ほどまでの心境とは全然違う。

プリシラは、まだ信じられない面持《おもも》ちで呟く。

「わたくしは……、本当に、ウィルのお妃さまになっていいの？」

まさか、何の障害もなく彼と結婚出来るなんて夢にも思わなかった。

ウィルフレッドはニヤリとして言った。

「ああ、勿論だ。そろそろ、待ちかねた賓客《ひんきゃく》どもの前に姿を現してやることにしよう」

ウィルフレッドが軽くプリシラに口付ける。

プリシラは、己が欲深くなっていることに気付いてしまった。

もっと、とキスを強請りたくなってしまったからだ。最初は、ウィルフレッドのことを国王さまとしか見られなくて、畏《おそ》れ多い存在だった。

それが、今ではもっと口付けしたい、されたいと思ってしまう。

閨《ねや》ではともかく、今は挙式の直前だ。

それはいけないことだ、と心を叱咤《しった》して言う。

「ええ、行きましょう。私達の、結婚式に」

その日、予定より少し遅れたものの、無事にブレナリの国王ウィルフレッドと、アマルセンの王女フィリーネの結婚式が挙げられた。

二人は政略結婚の筈だが仲睦まじく、生涯を共にするという宣言ではフィリーネの瞳は感動で潤んでいたし、誓いの口付けではウィルフレッドの愛情が感じられるものだった。

二国間の婚姻は平和にも大いに効果的だった。

フィリーネ姫は結婚後しばらくして、改名をした。

プリシラという新しい名前に、国民は不思議に思ったがブレナリの国王もアマルセンの王家も何も問題視はせず、すぐに新しい名前が王国中に浸透したのだった。

第七章

結婚式は、無事に終わった。

初夜の訪《おとな》いを待つプリシラは、ベッドに腰掛けながらまだ信じられなかった。己がアマルセン王家の血を引く王女だったなんて。しかも、ブレナリの王妃になるなんて。勿論《もちろん》、驚いたし未《いま》だに本当のことか考え込んでしまう。そんなこと、想像もしていなかった。

けれど、自分が王女だろうが王妃だろうが、立場のことよりもウィルフレッドのただ一人の妻になれたことが、嬉しかった。しかも、彼もそれを望んでくれていた……。勿論、彼の横に立つことに身分は必要となる。だが、プリシラが王女であると分かる以前からウィルフレッドは己を必要としてくれていたのだ。

そこまで考えた時、プリシラはハッと思い当たり急に不安になってきた。

プリシラが本当の王女であると暴露《ばくろ》されたあの時、ウィルフレッドはまるで驚いていなかったのだ。きっと、調査結果からそうであろうと既に知っていたのだろう。

ということは、プリシラと結婚しようとしたのも、本物の王女だからだろうか。式の前日、プリシラに向かって本物の王妃にしたいと、そう言ったのは出自を既に知っていたからなのだろうか。

浮かれていた気持ちがぽしゃんと沈み、じわじわと不安が襲ってくる。

ウィルフレッドは、フィリーネが本当のお姫さまだったら彼女と結婚したのだろうか。そうだったら、プリシラは追い払われて、今のフィリーネのようにアマルセンで閉じ込められた暮らしとなったのかもしれない。

一気に沈み込み、考えても仕方のない「もしも」の話をあれこれ想像して俯《うつむ》いていると、気がつくとウィルフレッドが目の前に立っていた。

「プリシラ」

彼に名を呼ばれるのが嬉しい。

「ウィル……」

彼の名を呼んで、彼に触れられるのが嬉しい。

ウィルフレッドは当然のようにプリシラの隣に腰掛け、そしてプリシラに腕を回し抱き寄せた。

「屈託《くったく》がありそうだな。俺の妻になったことが不満か？」

「違いますっ、そうじゃないの」

慌《あわ》てて否定して、彼の花嫁になったことに不満はないと首を横に振る。

するとウィルフレッドはプリシラの顎《あご》を持ち上げ顔を覗《のぞ》き込んだ。彼の瞳が煌《きら》めいていて、プリシラはドキドキする。見惚《みと》れてぽうっとなっていると、囁《ささや》かれた。

「では、何が不満だ」

「あ……あの、陛下は……」

「ウィル、だろう?」

「ウィルは、わたくしがアマルセン王家の血を引いていると、いつ知ったのですか?」

本当に知りたいことの前に、婉曲《えんきょく》な質問をしてしまう。

プリシラの問いに、ウィルフレッドは少し考えてから言った。

「確実に知っていたわけではないが、最初に訝《いぶか》しんだのはお前の祖父について調べた時だ」

「おじいさまを?」

「そうだ。一介の代筆屋としては不自然な程の知識の持ち主なのに、この国では過去の経歴がまるで無い。調べた結果、アマルセンの知識層の人物ではないかという可能性が上がった」

「それが、わたくしの母の教育係だったというわけですね……」

プリシラは、まだ見ぬ母の境遇を想像しようとしたが、何も思い浮かばなかった。どんな人だったのだろうか。見た目は、プリシラやフィリーネに似ていたのかもしれない。けれど、どういう性質でどんな性格だったかは、まるで分からないのだ。祖父は、何も語ってくれなかった。

ウィルフレッドが触れている手で腕や肩を悪戯《いたずら》に撫《な》でながら言う。

「お前には色々と尋《たず》ねたが、まるで己の過去を知らなかったな。プリシラ」

「はい……」

プリシラは、それよりウィルフレッドに本当のことを聞いてみたかった。

挙式前夜、「離したくない、結婚したい」と言ってくれたのはプリシラが王女だったからなのだろうか。

でも、そんなこと聞けない。

彼が否定しても疑ってしまう。肯定したらショックで傷ついてしまう。

どちらにしても、自信がなくうじうじと考えてしまう自分が納得出来る質問ではないのだ。プリシラは言葉を飲み込んで、再び俯いた。

ウィルフレッドはそんなプリシラの顔をまた上向かせ見つめる。

そして、うっそりと笑みを浮かべた。それは、何だかとても仄暗《ほのぐら》い笑顔で、目が笑っていない。

ウィルフレッドの瞳には、プリシラを責め立てるような色があった。

プリシラは、一体どうして彼がこんな目で見つめるのかが、分からない。どうしたのだろう、と思っているとウィルフレッドは先ほどまでとは違う低い声を出した。

「それより、プリシラ。お前が俺と離れがたいと、涙を流して去るのを嫌がっていたな。昨日の晩の執務室での態度、俺はしっかりと覚えている」

「は、い……」

「ならば何故《なぜ》、今日フィリーネと入れ替わろうとした。お前が俺を好いているのは明白だし、俺の希望も告げている。それなのに、俺よりも己に課せられた義務の方が大切だったのか？」

彼は怒っていたのだ。

プリシラが、バートラムの言いなりになってウィルフレッドのもとから去ろうとしたことを。

プリシラの身体が震《ふる》え始めた。

ウィルフレッドの怒りは激しく、プリシラを許そうとしていない。

それなのに、プリシラを拘束《こうそく》し搦《から》め捕《と》ろうとしている。そのことにプリシラの心の中に昏《くら》い悦《よろこ》びが湧いてきた。

「ごめんなさい……。本当は嫌で、わたくしも去りたくはありませんでした。けれど、フィリーネさまが本当の王女でウィルの結婚相手と思っていたから、仕方がありませんでした……」

「関係ない」

プリシラの言い訳に、ウィルフレッドは叩きつけるように言う。彼が掴《つか》む腕に力が込められ、痛い。思わず目を伏せると、顎を持ち上げられたがそれも乱暴な手つきだった。

「ウィル……」

「俺もお前を手放したくはない、傍《そば》に居ろと言った筈《はず》だ。何故俺から逃げようとした」

口調は落ち着いたものだ。けれど、彼の瞳の中にはどろどろとした執着《しゅうちゃく》のようなものがあって、それはプリシラに向けられている。

プリシラは歓喜した。ウィルフレッドの心は、自分に向けられているのを実感したからだ。

プリシラの瞳から涙がぽろり、と零《こぼ》れ落ちた。

「本当は……、わたくしも、ずっとあのまま居たいと願っていました……。何度も、わたくしが本物のウィルの結婚相手だったらって、考えていました。でも、離れることが正しいと信じてしまったの。ごめんなさい、ウィル……」

「謝った程度で簡単に許してもらえると思うな」

冷たい怒りを含む声は、プリシラに執着し逃がしたくはないからだ。

プリシラはこくりと頷《うなず》いた。

「もう二度としないし、何でもするから……、だから、お傍に置いてください」

「……今から、お前を罰《ばつ》する」

その声にぞくり、としながらウィルフレッドを見つめた。何をされても、耐えるつもりだった。

「何を、するのですか……」

「幸い、今日は初夜だ。明日は夜まで何の予定も入っていないし、誰もこの寝室には入って来ない」

「…………」

不安げに見上げると、ウィルフレッドはふふっと笑って言った。

「今から延々と嬲《なぶ》ってやろう、プリシラ。もう俺から離れたいと思えなくなるほどに」

プリシラの甘く長い拷問《ごうもん》が始まった。


「はぁっ、んっ……」

ウィルフレッドはプリシラの服だけを全て脱がすと、ゆっくりと全身に口付けを始めた。

彼の宣言した通り、時間はたくさんある。だから、本当にゆっくりと。

唇への軽いキスから始まった愛撫《あいぶ》は、頬、耳、首筋、鎖骨へと。胸元にまで降りてきたが、胸は素通りしてお腹にいってしまった。

それから、右手の指先から腕へと、ゆっくり唇を押しつけていく。肩までいったら、次は左手へ。

「はっ、はぁっ……」

この辺りで、プリシラの蜜口《みつくち》は溢《あふ》れてしまって腿《もも》を擦り合わせて腰を揺らしてしまう。

しかし、ウィルフレッドは素知らぬ顔で、左肩が終わると右足へと唇を押しつけた。

足の甲、くるぶし、脛《すね》、膝《ひざ》。段々上がってくる愛撫に、プリシラの唇は開きはっきりした快感を待ちかねていた。

だがウィルフレッドの唇は腿を上がっていき、お腹まで来るとまた左足の甲へと下がってしまった。

まだ、足だ。

プリシラは興奮した犬のようにはあ、はあと荒い息でウィルフレッドの唇が上がってくるのを待った。

左足の腿に来て、お腹まで上がってきたウィルフレッドは笑みを浮かべて命じた。

「プリシラ、うつ伏せになれ」

「っ……」

次は、背中だ。プリシラは泣きそうになりながらも、言われた通りベッドにうつ伏せになった。

ウィルフレッドの唇は背中を這《は》いまわる。彼の舌が、ある一部分を執拗《しつよう》に舐《な》めるのでプリシラはびくびく動きながら嬌声《きょうせい》をあげた。

「あぁんっ」

「この痕《あと》が残っていて良かった。これこそが、お前が王女であるという証なのだから」

プリシラの背中の、火傷《やけど》の痕を何度も舐めるウィルフレッド。

プリシラは感じる声を抑えて尋《たず》ねてみた。

「はぁっ、ん……っ、でも、火傷の痕なんてあまり、綺麗《きれい》なものでもないでしょう……っ」

「俺はお前の物なら、過去の傷跡でも愛《いと》おしいんだよ、プリシラ」

「っ、ウィル……っ」

背中から裏腿まで、ゆっくり唇を這わされてからようやくプリシラは仰向《あおむ》けになることを許された。

シーツに擦れていた胸の先端は、触れられてもいないのに興奮でぷっくり勃《た》っている。

足の間はびしょぬれで、シーツまで濡れるほど潤っている。

ウィルフレッドの唇が、ついに胸に触れた。だが、柔《やわ》らかな部分にキスしているだけで、先端部分にはまるで触れてくれない。

それに、さっきから唇での愛撫ばかりで手は全然使ってくれない。

早く、ちゃんと触って！

そう言いたくなるのを堪《こら》えてプリシラは嬌声を押し殺していた。

ウィルフレッドが舌を伸ばし、乳輪の淵《ふち》をなぞっていく。プリシラの身体は、まるでその舌にもっと触れてほしいと強請《ねだ》るように揺れてしまう。

けれど、彼の舌はゆっくりと胸の先端の周囲を舐《ねぶ》るだけで肝心の部分には触れてくれない。

「はぁっ、あぁっ、ウィル……っ」

片方の胸が終わったら、もう片方の胸の乳輪を舐め、そしてウィルフレッドの唇は内腿へと移った。

徹底的に、もどかしい快楽しか与えないと決めているらしいウィルフレッドは、次は内腿にゆっくりと口付けていく。

プリシラの足は開かされ、ぐちゃぐちゃに濡れた秘所も見えている筈だが何も触れてくれない。

ウィルフレッドの笑い混じりの声が、プリシラを更に嬲る。

「腿にまで垂れてるな。濡れすぎだ」

「やぁ……っ」

内腿にちゅ、ちゅと弱い刺激の後強く吸いつかれる。それだけで身体がびくんと反応して足を自ら開いてしまった。

ウィルフレッドの唇は、内腿の付け根にまで上がってきた。だが、襞《ひだ》の外側を丁寧に舐め上げると彼は顔を上げた。

「ウィル……」

プリシラが吐息混じりの声で、名を呼んで催促《さいそく》すると、唇に優しいキスをくれた。だが、プリシラが求めるのはそれじゃない。

舌を絡められ、咥内《こうない》を優しく舐められるのは小さな炎で炙《あぶ》られ続けるようなものだ。

「ウィル、ウィルぅっ……」

「慌てなくとも、欲しいものはやる。後でな」

そう言って、ウィルフレッドはついにプリシラの乳頭に舌を伸ばした。

「あ……あぁっ……んっ！」

プリシラに見せつけるように、舌を伸ばして舐め上げる。尖《とが》った舌先が、ピンと胸の先端を弾くように刺激した。

舌を尖らせ、つつくように舐めた後ぱくりと口に含まれる。

「あぁんっ！　はぁっ、はっ、も、ウィル……」

プリシラは腰をくねらせ、もっと刺激が欲しいとねだるが彼はやりたいようにしかしない。

ゆっくりちゅぅっと乳頭を吸われ、下腹部を疼かせながらプリシラは彼のシャツのボタンをはずそうとした。

プリシラは裸で、いつでもウィルフレッドを受け入れられるよう蜜口がとろとろになっているのに、彼は寛《くつろ》いだ姿ながらシャツのボタンをはずしもしていないのだ。

だが、プリシラのその手は彼に摑まれ、そのままシーツに押しつけられた。

プリシラの両手を動けないよう拘束しながら、ウィルフレッドは胸の先端を優しく吸い、舐め続けてている。

「はぁっ、あっ、あぁんっ」

「もっといやらしく喘《あえ》いでみろ。感じていると言え」

乳頭の、ほんの先の部分だけを突きだした舌で舐められると、下腹部に熱い物が溜まって行く。そんな弱い刺激じゃ、澱《おり》のように積もっていくだけで発散されることがない。

「ああっ、ウィル、お願い……っ」

「そうだな」

ウィルフレッドの言葉に期待をしてしまう。

けれど、彼はふっと笑って続けた。

「もう一方もいたぶってやろう」

「あっ、ああっ……！」

てらてらと濡れて光る胸の先端を放置して、もう一方の胸の先端の愛撫にとりかかる。

そこも舌の腹でぬるぬるとゆっくり刺激され、プリシラはもどかしい快感に膝を立てたり伸ばしたりしていた。

ウィルフレッドは宣言通り、胸を思うさま時間をかけて嬲った後、とどめとばかりに軽く歯を立てた。

「きゃぅっ！」

痛みはないが、刺激が大きすぎて身体ごと跳ねてしまった。

それを宥《なだ》めるように、またちろちろと舌先で舐められる。

「ふっ、ふあぁ……っ、あっ……」

もどかしい快感が溜まりすぎて、発散出来ないのが辛い。どうすれば良いのか分からなくなって、プリシラはむずかるように足をばたばたさせながら涙を零してしまった。

「もう、いや、いやぁ……っ」

「プリシラ、これは罰なんだから」

「いや、やめてぇっ……」

「このままやめると、辛いのはお前の方だ」

「ウィルぅ……っ、んんっ、あーっ」

乳頭を口に含まれ、ちゅっと吸った後そのまま舌で舐られる。

プリシラは逃れたくて身体を上にずらそうとしたが、両手で拘束されていて動けない。そのまま、胸の先端だけを彼が満足するまでいたぶられた。

彼はくすりと笑って言う。

「お前はいつも可愛《かわい》いが、泣いている時は特別だな」

「ウィル、もう、いじめないでぇ……っ」

「そうだな。そろそろ、お望みの場所に口付けてやろう」

「っ……ふぅっ……」

ウィルフレッドの両手がプリシラの襞を割り開いた。じゅくじゅくに蕩《とろ》け、熟れてしまった其処《そこ》から蜜がとろりと零れ落ちる。

「いやらしいな。触れてもいないのにこんなに漏らして」

「い、いやっ……見ないで……っ」

「見ないと何も出来ないだろう」

ウィルフレッドは顔を近付けてじろじろと見た後、プリシラの顔に視線を送ってにやりとした。今さらながらに、羞恥で顔を背《そむ》けてしまう。

「いやぁ……そんな風に、見て、笑って……っ」

「俺の愛撫で感じているのも嬉しいし、お前はどの部分も美しいよ」

「いや、恥ずかしい……っ」

目を瞑《つぶ》って顔を背け、やり過ごそうとしたがウィルフレッドの声は聞こえる。

「本当だ、プリシラ。物欲しそうに引くついているところも、触ってもないのに赤く膨《ふく》れて固くなっているところも綺麗だ。恥ずかしそうに顔を背けているところも可愛い」

見ないで、そう言おうとすると蜜口に舌を挿《さ》し込まれた。

「ふぁぁっ……」

舌が浅い所をかき混ぜるが、また決定的な快感にはならない。プリシラは無意識に腰を振って少しでも快感を取り込もうとしてしまう。

ウィルフレッドはふっと笑ってプリシラの両足を腕で抱え込み、固定するよう割り開いた。そうしてプリシラの腰も足も動けないよう、押さえつけると襞の内側をゆっくりと舐《ねぶ》っていく。一番触れてほしい、敏感な尖りの周囲を舌先でなぞられ、プリシラは無意識のうちに腰ががくがくと揺れた。

「あっ、あーっ！　ウィルっ、ウィルぅ……っ」

「まだ、だ」

舌がまた遠ざかっていき、蜜口をつつく。それから近付いてきて、突起を避けて襞の内側を舐めていく。それを何度も繰り返され、プリシラの意識は半分呆《ほう》けたようになってきた。とろんとしたまま、ウィルフレッドに身を任せていると、その快楽への刺激は突然やってきた。

プリシラの一番敏感な突起を、ウィルフレッドがぱくりと唇に挟《はさ》んだのだ。

「あっ、あぁぁっ！」

待ちかねた刺激に、身体が悦び急激に絶頂へと駆け上がっていく。

だが、すぐにウィルフレッドは唇を外してしまった。突起に軽くちゅ、と口付けられるだけで身体が震えるのに、また愛撫が遠ざかっていく。

ウィルフレッドの舌が、蜜口と突起をゆっくり行き来し始めた。けれど、一番感じる突起への愛撫は少しだけで、柔らかな舌の腹で一瞬触れるとすぐに離れていく。

「あぁっ、ウィル、もう、お願い……っ」

「罰している最中に、お願いは聞けないな」

そう突き放して、ウィルフレッドはもどかしい愛撫を続けた。動けないプリシラは、突起に触れるか触れないかの弱さで舐められた時に腰を突き上げたくてもじっと耐えるだけだ。

もどかしくて、彼の名前を呼びながら涙を零す。

その時間を耐えきると、やっとウィルフレッドが身体を離し自らの服を脱ぎ始めた。

「ウィル……」

「プリシラ、足を開いて俺を見ろ」

プリシラは、もう羞恥も何もなく彼の言うことを聞いてしまうようになっていた。

「はい……」

ウィルフレッドを迎え入れ易いように、足を大きく開き彼を見つめる。

彼は猛《たけ》りきった自身を蜜口にあてがい、焦《じ》らすように擦った。

「プリシラ、欲しいか？」

「っ、欲しい……、ウィル……っ」

「なら、二度と俺から離れないと誓え」

ウィルフレッドは、プリシラが身代わりを終えようとしたことを許せず、厳しく罰したいらしい。

しかし、それはプリシラの悦びとなるのだ。

プリシラは頷いて言った。

「誓う、誓います……っ、ウィル、貴方の傍にずっといるから……っ、もう二度と、離れないから……っ、だから、わたくし……っ、あぁっ！　あーっ！」

プリシラがまだ話している最中なのに、ウィルフレッドがゆっくり侵入を始めてしまった。

挿入しても彼の腰の動きはゆっくりで、プリシラを達することのないゆるゆるとした快楽しか与えない。

プリシラはうわ言のように言う。

「ウィルに、こうやって苛《いじ》められても、嬉しいの……っ、罰でも、嬉しい……っ」

「苛められて悦ぶ性質なのか？」

「違うっ、違います……っ！　ウィルが好きだから……っ」

「フン……、俺から離れようとしていたくせに」

ウィルフレッドが、プリシラの中の感じるところを少し掠《かす》って疼かせた後、また腰を引いて浅い所をゆるゆると責める。

プリシラは泣きながら謝った。

「ごめんなさい……っ、好きだから、離れなくちゃいけないと思ったの……、ウィルが危なくなることは、したくなくて……っ」

「二度と勝手に離れようとするな」

プリシラの中でゆるゆると動きながら、眉根を寄せてそんな風に言う彼を、愛おしいと思った。

プリシラは彼に抱きついて言う。

「ごめんなさい……二度としませんっ、あぁっ……」

「プリシラ……っ」

ウィルフレッド自身の先端が、プリシラの中の良いところを抉《えぐ》るよう擦っていく。

たちまち快感がせり上がってきた。

「あっ、ウィル、も……っ」

そこで、ウィルフレッドは腰を引いてしまった。

「まだだ、プリシラ」

「そんな……っ」

もう許してくれたと思ったのに。

彼はプリシラの快楽を絶頂寸前まで高めては、焦らして覚ますということを何度も繰り返した。

もうプリシラは泣きながらウィルフレッドにしがみついて腰を振っていた。

「ウィルっ、ウィルぅ……っ、お願い、お願いっ」

「何のお願いだ、プリシラ」

「もう、イきたい、イきたいのっ、お願いウィルっ」

あと少しなのに、その少しの刺激がもらえない。

プリシラは足をウィルフレッドの腰に巻きつけ、彼にイかせてほしいと強請っていた。

ウィルフレッドはゆるゆると腰を動かしながら、命じる。

「俺に、愛を乞《こ》え」

そうすれば望む通りに快楽を与えてやると、そう言っているのだ。

そんなこと今言ってしまったら、閨《ねや》での睦言《むつごと》だと、その場限りのことと勘違いされるんじゃないかとちらりと考える。

でもプリシラは、彼の言うことを拒否したくなんてなかった。覆《くつがえ》しようのない、本当の気持ちを告げるだけなんだから。

プリシラはウィルフレッドにしがみつきながら言った。

「ウィル、好きっ、本当に、好きなの……っ、大好き！」

「プリシラ……っ、俺もだ」

「好きだから、愛してるから……っ、私のこと、離さないで……っ！」

「プリシラ……プリシラっ……！」

ウィルフレッドがプリシラの良い部分を、肉棒の一番太い部分でごりごりと擦り感じさせていく。今まで延々嬲られ、快楽の火種を燻《くすぶ》らせていたプリシラはすぐに絶頂へと追い上げられた。

「あーーっ！　あぁぁっ！」

信じられない快感だった。身体が何度もびくびくと痙攣《けいれん》し、頭の中も目の前も真っ白になる。口も弛緩《しかん》し、よだれを垂らしながらプリシラは恍惚《こうこつ》に浸《ひた》った。

だが、すぐにまた悲鳴をあげることになる。

ウィルフレッドが猛然と突き上げだしたからだ。プリシラの奥まで深く突いて、彼も頂上へと向かっているのだ。

「あぁあっ！　ウィルぅっ、イったところだからぁっ！」

感じすぎて辛いほどだった。

奥に当たるのも、肉壁が擦られるのも、入口当たりが捏《こ》ねられているのも。

全てが気持ち良くて、プリシラはベッドの上でのたうちまわった。

ウィルフレッドはそんなプリシラを見下ろし、うっすら笑っている。プリシラの腰を持ち、思いきり穿《うが》ちながらよがる姿を楽しんでいるのだ。

「あーーっ！　あーーーっ！」

プリシラの嬌声とパンパンと肉がぶつかる音、それにじゅぶじゅぶという水音が部屋に響く。

「はぁっ、プリシラ……っ、出すぞ……っ」

「あぁあっ、ウィル……っ！」

「くっ……、プリシラ、俺の子を孕《はら》め」

ウィルフレッドが子種を注ぎながら言ったことに、プリシラはもう二人は夫婦であって、誰に憚《はばか》ることのない関係なのだと改めて実感した。腹の中に、彼のものがたっぷりと注がれたのだ。そのことも快感だった。心にとてつもない充足感が広がっていた。

多幸感がプリシラを満たしていた。

やがてウィルフレッドが動きを止め、プリシラも抱きついたままじっとする。

そうやってしばらくぼんやりとしていたが、プリシラはぼうっとしながらも口を開いた。

「ウィル、ウィル……、嬉しい。本当に、好きな人と結婚出来て。貴方のお嫁さんにしてくれて、ありがとう。大好き……」

「ああ、プリシラ。愛している……」

ウィルフレッドが口付けをくれ、二人は唇を合わせる。

何とも言えない幸福が身体と心、両方を満たした。

ちゅ、ちゅ、と口付けた後、どちらともなく舌を絡め合わせぬるりと擦り合わせる。

プリシラの下腹部がきゅんと引き攣《つ》り、まだ中に入ったままのウィルフレッドの雄を締めつけた。

すると、ウィルフレッドがまた腰を動かし始めた。キスで興奮したのは、プリシラだけではなかったらしい。

「んっ、ウィル……っ」

「言っただろう、時間はたっぷりあると」

プリシラの感じる部分を的確に攻めるような、ねっとりとした腰遣いを始めるウィルフレッドに悲鳴をあげる。

朝まで、プリシラは何度も貪《むさぼ》られ、気絶するほどイかされたのだった。

エピローグ

『此方《こちら》は何も問題なし。其方《そちら》も諸々注意されたし』

プリシラに届いた、祖父からの手紙だ。素《そ》っ気《け》なさすぎて、どんな暮らしをしているかも分からない。

『プリシラ姫さま、御無沙汰《ごぶさた》しております。お変わりはございませんでしょうか。私は王城には戻らず、元の主人の領地……、プリシラさまのお母さまの実家へと身を寄せております。今はプリシラさまの伯父君にあたる方が領主をされていて、有り難くも上級女中としての仕事を拝命いたしました。

教育係としての仕事もあると、ソル殿もお誘いしたのですが、フィリーネさまと共にバートラム殿の屋敷に向かわれました。其方でのんびり過されているそうです。

ですので、こちらの憂《うれ》いは何もなく、どうぞ健《すこ》やかにお過ごしくださいませ。ご多幸お祈りしております』

これはベラからの手紙だ。

丁寧に近況を教えてくれて、プリシラもほっと出来た。

『ご機嫌如何《いかが》かしら。わたくしは元気よ』

一文しかないフィリーネからの手紙は、嫌々書かされているというのが分かるものだった。おそらく、従姉妹《いとこ》として繋がりを持つ為に書くよう、バートラムに強要されて書いたのだろう。内心では、プリシラに王女など出来るのかと考えているのかもしれない。それでも、プリシラは彼女からの手紙が嬉しかった。フィリーネと血の繋がりがあるというのは事実なのだから。

渋々書かされた内容以外から読み解くに、紙もインクも上質な物だ。文字はそれなりに丁寧に書かれているし、紙からは良い香りもしている。何だかんだで、バートラムもフィリーネを無下《むげ》には扱《あつか》わず、孤立もさせてはいないのだろう。祖父も含め、仲良くやっていそうでひと安心だ。

フィリーネの姫としての態度は、プリシラには良いとは思えなかったが、あれは高慢《こうまん》さを鎧《よろい》にして身を護っていたのだろうと、今なら思う。

皆が納まるところに納まって、本当に良かった。プリシラは三通の手紙を読み終わって、ふふっと笑った。

そこで、刺すような視線を感じて顔を上げた。

ウィルフレッドだ。ここは彼の執務室で、プリシラは以前のように執務を手伝っていた。忙しいウィルフレッドがなかなか二人の時間も取れないのを、仕事を共にすることで一緒に過ごせるというのは嬉しかった。

それで、今日も午後から執務室に来て良いと聞いていそいそと入室し、仕事に取り掛かる前に手紙を見つけ読んだところだ。

サボっていると思われたのだろうか。そんなに長い時間をかけて読んでいたわけではないし、すぐ執務をこなせば大丈夫だろう。

プリシラは手早く手紙を片付け、執務机に置かれている書類を手に取ろうとした。

「随分《ずいぶん》、楽しそうだな」

地を這《は》うような低い声がした。どうにも機嫌が悪いらしい。

プリシラは小首を傾げながら返事をした。

「フィリーネさまからのお手紙、何だか可笑《おか》しくて。読みますか？」

ひょっとしたら、隠れてフィリーネ、ひいてはアマルセン国と文通していると思われて機嫌が悪くなったのかもしれない。

何も隠すことは無いし、政治的な結びつきなど一切無いのだ。

だが、ウィルフレッドは「いらん」とにべもなく断ってから言った。

「お前は、それを羨《うらや》ましく思ったのではないか」

「羨ましく……？　微笑ましくは感じましたが」

「今のフィリーネの立場だ。何の責任もなく、命を狙われることもなく、庇護《ひご》され、そしてお前の祖父と共に暮らしている。変われるものなら変わりたいと、羨んだのではないか」

嫉妬《しっと》だ。

プリシラが身代わりであることをやめて彼のもとから去ろうとしたのは、ウィルフレッドに根深い傷を付けてしまったようで、こういう風に当てこすられてしまうのだ。

けれど、プリシラにとってはウィルフレッドのそんな嫉妬さえ嬉しいものだった。

首を横に振って言った。

「確かに、一人ぼっちになってしまったけれど……。それよりわたくしは、ウィルの隣に居たいから。だから、羨ましいなんて思っていません」

「……祖国に戻りたいと、思わないのか？」

プリシラが生まれ、父母が在《あ》ったのはアマルセン。それは、確かに祖国というのかもしれない。

だが、プリシラが育って、今在るのはこのブレナリだ。

「いいえ。わたくしの祖国は、ブレナリだと思っています。だから、ここで貴方と一緒に居させてほしいです、ウィル」

プリシラがそう言うと、ウィルフレッドは短く命じた。

「此方へ」

嫌がることもない。

プリシラは、素直に「はい」と返事して彼のもとに行った。

「ここに座れ」

そう指示されたのは、椅子に座るウィルフレッドの膝《ひざ》の上だった。

プリシラは一瞬、うーん……と迷ったが、これまた素直に座る。横向きに座るとすぐに抱きしめられて口付けられた。

「ん……っ」

優しく唇を愛撫《あいぶ》され、すぐに舌も侵入してくる。まるで甘いものでも味わうように舌をしゃぶられ、プリシラもたちまち夢中になってキスに応えた。

軽くリップ音がして彼の唇が離れていく。少し寂《さび》しさを覚えながらもプリシラは瞳をウィルフレッドに向けた。

「アマルセンの国王から文が来た。プリシラという実の娘をこの国の王妃と出来て光栄だと、そう書いてあった」

「……！」

プリシラが知らないところで、ウィルフレッドは二国間の調整をしてくれたのだろう。そして、プリシラがどこにも遠慮せずに済むよう手配してくれた。プリシラは彼をぎゅっと抱きしめながらお礼を伝えた。

「ありがとう、ウィル。本当に感謝しています」

「何《いず》れ、お前の父と対面も叶うだろう。だが、帰国は諦《あきら》めろ」

俺から、この国から離れることは許さないと言外に匂わされ、プリシラは素直にこくりと頷《うなず》いた。

「はい。わたくしは、貴方の傍《そば》に居ますから」

再び、彼に唇を奪われる。キスを続けていると、いきなり身体を持ち上げられ机の上に座らされた。えっ、と思う間もなくウィルフレッドの執務机の上に押し倒された。

国王陛下の机の上に仰《あお》向けで寝ているのだ。一瞬、信じられなくて茫然《ぼうぜん》とする。しかも素早い王は、プリシラのスカートの中に手を入れ下着を脱がしてしまった。

「ちょ、ちょっと！　陛下、それは！」

さすがにプリシラも抵抗をする。真昼間の執務室だ。政《まつりごと》を取り仕切る部屋で不埒《ふらち》なこ

とはいけない。

それに、誰が入って来るかも分からないのだ。今、扉に鍵はかかっていない。

足から下着を抜かれてしまったプリシラは、膝をぎゅっと閉じあわせてドレスのスカートを押さえた。

しかし、ウィルフレッドは不敵に笑って言う。

「何だ？」

「こ、こんなこと、明るいうちから、この場所ではいけないわ」

「こんなことって？」

「もう、ウィル！」

怒って見せると、ウィルフレッドは益々《ますます》ニヤニヤとして言う。

「子作りも王の務めだろう」

「だからって、ここは執務室で、机の上なんて！」

「お前の固定概念《がいねん》を打ち崩してやろう」

そう言うと、ウィルフレッドはプリシラの閉じたままの膝を上に持ち上げた。

スカートが捲《めく》れてプリシラのお尻は彼の目前に晒《さら》されることになる。

「やっ、やめて！」

「それは無理な相談だ」

ウィルフレッドはプリシラの閉じられた襞《ひだ》に顔を近付け、ふっくらとした外陰部にちゅ、と口付けた。

「あっ！」

その柔《やわ》らかな刺激と羞恥に、プリシラに動揺が走る。その隙《すき》をついて、ウィルフレッドはプリシラの膝を割り開いてしまった。そのまま膝を机につくほど大きく開脚させる。

プリシラの秘すべき部分が全て見えてしまっている。

「なるほど、陽の光の下で見るとよく分かる」

「あっ、いやっ！　見ないで！」

プリシラの懇願など、ウィルフレッドには可愛らしい囀《さえず》りでしかないようだ。

「今日は此方の口に、たくさん口付けてやろう」

そう言うと、本当に唇にキスをするようにプリシラの襞に口付けを始めた。唇を押しつけ、舌を当てて舐《な》め回す。

決定的な快楽を与えられているわけではないのに、プリシラの身体がじんわりと潤ってきた。

嫌だけど、恥ずかしいけれど、敏感な突起に触れてほしい……。

プリシラのそんな願いが聞こえたのか、ウィルフレッドは両手で襞を割り開いた。

興奮に充血した突起が震《ふる》えている。蜜口《みつくち》はとろりと濡れて、早く挿入してほしいと誘っている。

「あっ、いやぁ……っ、恥ずかしい」

プリシラは羞恥のあまり、両手で顔を覆ってしまった。

ウィルフレッドがくすりと笑う。

「プリシラ、顔を隠すな。俺がしていることを見ろ」

「やだ、ぁ……っ！　あぁぁっ！」

予告無しで、尖《とが》らせた舌先を突起に押し当て弾かれた。プリシラの身体はびくつき、大きな声が出てしまう。

こうされると、包皮《ほうひ》が剝《む》き上げられ敏感な陰核《いんかく》が露出されてしまう。快楽は痛いほどだ。

それを分かっているのか、ウィルフレッドは舌先でつついた後、舌の腹で柔らかく舐めまわした。舌の、面積の多い腹部分を陰核に当てて円を描くように動かされると、プリシラの腰がびくついた。

「あっ、あぁっ！　それ、いやぁっ」

もう達してしまいそうだった。

こんな場所で極めてしまうなんて良くない。プリシラは必死に快楽を散らし堪《こら》えようとした。

すると、ウィルフレッドは突起をぱくりと唇に含み、やわやわと食《は》み始めた。

「あっ、ああっ！」

吸いながら、舌先でちろちろと刺激されるともう堪えきれない。

「あっ、ウィルっ、もう、きちゃうっ……！」

腰を揺らしながら達したいと乞う王妃に、ウィルフレッドは突起を甘く噛《か》んだ。

雷に打たれたように、プリシラの身体がびくんと跳ねてがくがくと揺れた。

「あっ！　あーーーーっ！」

一瞬の刺激で絶頂へと駆け上がる。

イっているのに、まだぬるぬると柔らかく舐め回されプリシラの腰は独りでに動いていた。

その最中に、ウィルフレッドの指が蜜口につぷりと侵入してくる。

中を遊ぶようにくちゅくちゅと出し挿《い》れしていた指だが、すぐに内壁の良いところを押し当て、擦り始めた。

中の感じる箇所を外側に押し擦りながら、外の感じる部分である陰核を舌でぬるぬると押さえて舐められている。

プリシラは快楽でのたうって嬌声《きょうせい》をあげた。

「あーーーーっ！　もっ、やめてぇっ！　感じすぎて……っ！　あっ！　ひあぁっ！」

指は二本に増やされ、ぐちゅぐちゅと水音を慣らしながら蜜口を犯していた。

突起は優しく舐められたかと思うと、ピンと舌先で弾かれたり、歯を軽く立てられたりと様々な刺激を繰り返される。

プリシラはよがりながら懇願した。

「ウィルっ、あぁっ、もう、早くっ、してぇ！」

「早く、何だ？」

「早く、終わらせてぇ！」

ウィルフレッドの唇が突起を吸い、指の動きが速くなった。

このままでは、終わりのない絶頂を繰り返し味わされてしまう。

プリシラは恥ずかしいおねだりをついに口にした。

「ウィル、ウィルをちょうだい、欲しいの……っ」

「ふふ。何を欲しいか、どうしてほしいか言えたらやろう」

ウィルフレッドはとても嬉しそうだ。プリシラは涙を零しながら言った。

「ウィルの大きくて硬いの、早く挿れて……イかせて……っ」

ウィルフレッドは指を抜き、下衣を寛《くつろ》げた。

怖いほど大きくなった彼の肉棒をプリシラの蜜口にあてがい、くちゅくちゅと入口で遊ばせながら言う。

「よく言えたな。ご褒美だ」

「あっ、ウィルぅ……っ」

固い物が、プリシラの中を割り開いて侵入してくる。それが中の肉壁を擦ると、頭が痺《しび》れるほどに気持ちが良い。

ゆっくりと入ってきて、少し引いて、また入ってくる。奥までぐっと挿《さ》し込まれると、ウィルフレッドがじっとプリシラを見下ろしていた。

プリシラはぽうっとなって彼に抱きついて言う。

「ウィル、好き……。貴方とこうなれて、嬉しい……」

最初は、国の王たる人としてしか見ていなかった。それはウィルフレッド自身を見ていないのだと、彼に指摘されてもよく分かっていなかった。傷つけられて、酷い人だと思った。でも、彼と共に過ごすと好きになってしまって。

恋情を知らなかった己を変えてしまった人。その彼と、こんな風に一緒になれて本当に嬉しいと、プリシラは素直に心の内を伝えた。

悦びで、プリシラの中が肉棒をきゅうきゅう締め付けると、ウィルフレッドも色気の滲む吐息と共に言った。

「俺もだ、プリシラ」

そして唇を合わせる。中にウィルフレッドを感じながらキスするのを、プリシラは好んでいた。

舌を絡め合わせると気持ちが良くて、ウィルフレッド自身を何度も締めつけてしまう。

ウィルフレッドの腰が、ゆったりと動き出した。

突き上げるような動きではなく、擦りつけ揺らすような腰使いだ。

奥にゆっくり押しつけられながら、陰核を擦られてプリシラの腰も一緒に揺れ出した。

「あっ、あぁっ！　も、また……っ」

「何度でもイけ。お前がよがっているのを見るのは楽しい」

耳元で囁かれ、そのまま耳を舐められる。

ぐちゅぐちゅと犯される音が直接響いて、プリシラは心も体も彼に支配されているのを実感した。

「あっ、イく……っ！　あーーーっ！」

奥と陰核を同時に擦られ、プリシラは深くゆったりとした絶頂を味わった。

ぐったりとするが、彼がまた動き始める。

今度は半分ほど肉棒を引き抜かれ、プリシラの中の良いところを先端の太い部分でごりごり擦られる。

「ひぁっ、あぁっ！　そこ、いやぁっ！　あーーっ！　感じすぎてっ、ひぁぁっ！」

小刻みに腰を動かし、プリシラは追い詰められていく。

また絶頂に近付く、というところでウィルフレッドが苦しそうな声を出した。

「くっ……俺ももう、我慢しきれない。いくぞ、プリシラ」

「あっ、ウィル、あぁっ！」

プリシラの腰を摑み、ウィルフレッドが激しく突き上げだした。

こんなに激しくされて、奥を突かれても、プリシラにはもう痛みは無い。快感しか得られなかった。

中が蕩《とろ》けて、どこを擦られても気持ち良い。引き抜かれる時も感じるし、押し挿れられる時も同様だ。

一突きごとに快楽が溜まっていって、また絶頂に近付き弾けそうになる。

「プリシラ、愛している……っ」

「あっ、あーーっ！　ウィル、ウィル……っ！」

愛の言葉を聞いて、プリシラはすぐに達してしまった。

中の肉壁が、複雑な収縮を繰り返しウィルフレッドの雄を取り込み搾《しぼ》り取ろうとする。

彼はもう逆らわなかった。

「プリシラ、全て、受け取れ……っ！」

最奥《さいおう》まで突き上げると、ウィルフレッドの白い欲望の全てを放つ。

大量に吐き出した後も、彼はすぐに引き抜かずに息を整え、プリシラをじっと見つめた。

プリシラが、荒い息のまま視線を合わせると、また唇が降ってくる。プリシラの中が、きゅんと引き攣《つ》った。

「プリシラ、このまま俺を離さないつもりか？」

「っ……そんなつもりは……」

「本当のことを言え」

貫かれたまま、プリシラは告白させられる。

「本当は……ずっとこうして一緒に居たい……でも、ウィルが可愛がってくれるから、わたくしも……役割を果たしたいの」

プリシラの答えに、ウィルフレッドが抱きしめて口付けてくれる。

その温もりと、優しさに、プリシラは幸せを感じるのだった。


長らく緊迫状態が続いていた二国間の政略結婚。当初は上手くいくか危ぶまれていた関係も、王の寵愛《ちょうあい》は深く、王妃も王に健気《けなげ》に仕え、仲睦《なかむつ》まじいものとなった。

それに準ずるように、両国の関係も良好となり、平和が続いたのだった。

おわり

あとがき

みなさま、こんにちは。

ヴァニラ文庫で初めて刊行させて頂きました、園内かなと申します。

今回は私の大好きな『意地悪な王様に虐められ、泣かされたり啼かされたりしながらも嫌いになれない』というお話を書きました。

無理矢理されて嫌な筈のに感じちゃうっ、というシチュエーションが大好物なんですけど、この本ではヒロインのプリシラは、最初からまんざらでもない感がありました。

でも、まんざらでもないからって最初から『カモーン！』って感じではわびさびが無いっていうか。やっぱり恥じらいとか（どうしよう、気持ち良くなってる……っ）といった葛藤が欲しいじゃないですか。

なので、プリシラには拒みながら感じちゃって、またそれを意地悪く指摘されて泣きながらイっちゃう、という私の好みど真ん中の展開にさせて頂きました。

同士の方に『こういうの、いいじゃないか』と思って頂ければ幸いです。

思うだけじゃなく、直接感想を教えてくだされればもっと幸せです！

ぜひぜひ、編集部宛てに貴女の感想を頂ければ嬉しいです。清き一票を（？）お願いします！


さて、この趣味丸出しの本ですが、イラストをウエハラ蜂先生が担当してくださいました。

表紙のカラーイラストを見た瞬間、美麗すぎてわぁっ！　と声を出してしまいました。一人なのに。挿絵のラフを見ながらはニヤニヤにやにやしていました。そして挿絵にまさかのマラカイ。バートラムはひょっとしたら、と思いましたがまさかでした。でも一番はプリシラのあんな恰好がイラストで……！　本当にありがとうございました！

担当編集者様、ありがとうございました。忘れっぽくて前に何を書いたか全然思い出せない時も、的確なご指摘ありがとうございます！

ここまでお付き合いくださった読者の皆様もありがとうございました。また近いうちにお会いできると嬉しいです。

園内かな

独占王の身代わり花嫁

Vanilla文庫

2016年11月5日　第1刷発行　定価はカバーに表示してあります

著　者　園内かな　©KANA SONOUCHI 2016
装　画　ウエハラ蜂
発行人　グレアム・ジョウェット
発行所　株式会社ハーパーコリンズ・ジャパン
東京都千代田区外神田3-16-8
電話　03-5295-8091　（営業）
0570-008091　（読者サービス係）
印刷・製本　大日本印刷株式会社

Printed in Japan ©K.K. HarperCollins Japan 2016 ISBN978-4-596-74528-6